Daniel Bleckmann

DIE AKADEMIE DER ZEITENWÄCHTER

KOSMOS

Umschlaggestaltung: Kreativbunker, Herne, unter Verwendung einer Illustration von Folko Streese
Illustrationen im Buch von Folko Streese
Vorlage Rabe: © adobe stock/Engel73

Unser gesamtes lieferbares Programm und viele weitere Informationen zu unseren Büchern, Spielen, Experimentierkästen, Aktivitäten, Autorinnen und Autoren findest du unter **kosmos.de**

MIX
Papier | Fördert gute Waldnutzung
FSC® C084279
www.fsc.org

Gedruckt auf chlorfrei gebleichtem Papier

ISBN 978-3-440-17224-7
Redaktion: Reni Nürnberger
Lektorat: Susan Schuchert & Christian Loeffelbein-Sobek
Produktion: Verena Schmynec
Satz, Grafik und Buchgestaltung: Buch-Werkstatt GmbH, Bad Aibling
Druck und Bindung: Print Consult GmbH, München
Printed in Slovakia / Imprimé en Slovaquie

Nur der Narr wandert auf Pfaden,
die andere Narren für ihn bereiten.
(Rose O'Callaghan)

Willkommen Wanderer, der du auf dieses Buch gestoßen bist.

Auf den kommenden Seiten folgst du Drake Winterstone durch die Akademie der Zeitenwächter. Doch der Weg des jungen Zeitenwächters ist dabei nicht gänzlich vorherbestimmt. Stattdessen liegt es in deiner Macht, welchen Weg Drake wählt und welche Entscheidungen er trifft. Du bestimmst den Verlauf der Geschichte.

Wenn du zwischendurch eine Pause brauchst, kannst du dir auf den Umschlagklappen Notizen zu deinem Spielstand machen: Wo bist du in der Rahmenhandlung stehen geblieben, welche Orte hast du erkundet und welche Objekte schon gefunden. Notiere dir außerdem den aktuellen Stand von Drakes Lebens- und Charismapunkten.

Aufbau und Ablauf

Dieses Buch ist in verschiedene Bereiche geteilt, die unterschiedliche Aktionen in Drakes Abenteuer darstellen. Im Verlauf der Geschichte wirst du immer wieder zwischen ihnen hin und her blättern. Hier eine kurze Zusammenfassung, wo du diese Bereiche findest:

Rahmenhandlung: Seite 15 bis 94

Die Rahmenhandlung führt dich in Drakes Geschichte ein. Ihre einzelnen Abschnitte sind mit Großbuchstaben und einer Zahl markiert, zum Beispiel A1, damit du sie sofort wiedererkennst. Am oberen Seitenrand findest du das Register, das dich beim schnellen Finden des nächsten Abschnitts unterstützt.

In der Rahmenhandlung wirst du dann auch auf Orte stoßen, in denen sich Drake in seiner Geschichte bewegt. Auf den dazugehörigen Ortsillustrationen findest du dreistellige Nummern, zum Beispiel **101**, die du im Abschnitt der Ortsnummern nachschlagen kannst.

Ortsnummern: Seite 96 bis 158

Alle Einträge zu den Orten kannst du in diesen Seiten nachschlagen. Die dreistelligen Nummern sind aufsteigend sortiert. Auch hier hilft dir das Register am oberen Seitenrand, schnell die richtige Ortsnummer zu finden.

Kombinationen: Seite 160 bis 181

An vielen Stellen der Handlung kannst du sowohl Ortsnummern mit Objektkartennummern als auch mehrere Objekte miteinander kombinieren, um neue Abschnitte der Handlung zu entdecken. Deine gefundenen Kombinationen kannst du bei den sich daraus ergebenden Nummern nachschlagen. Die Nummern sind aufsteigend sortiert und das Register am oberen Seitenrand hilft dir auch hier bei der Orientierung. Falls du eine Nummer nicht findest, dann ist auch keine Kombination möglich.

Objektkarten: Seite 185 bis 196
Alle Objekte, die dir während Drakes Abenteuer begegnen, sind auf diesen Seiten als Karten gesammelt. Findest du im Laufe der Handlung ein Objekt, kannst du die entsprechend nummerierte Karte ausschneiden und auf den dafür vorgesehenen Feldern auf den Umschlagklappen einkleben. Somit verlierst du nicht den Überblick, welche Objekte bereits in deinem Besitz sind und dir für die Handlung zur Verfügung stehen.

Hilfetipps: Seite 197 bis 205
Hier findest du Tipps, wenn du mal nicht weiterweißt. Schlag dort bei der entsprechenden Zahl des Objektes oder Ortes nach. Es gibt immer eine Auflösung, was du damit oder dort machen kannst bzw. was dafür oder dort benötigt wird, damit du weiterkommst.

Start:
Drakes Geschichte startet in der Rahmenhandlung mit Abschnitt **A1**. Beginne dort dein Abenteuer. Folge den Abschnitten, bis du zum Handeln durch Weiterleitungen aufgefordert wirst. Wenn du auf einen Ort stößt, erhältst du kurz eine

Beschreibung, was sich hinter den einzelnen Nummern verbirgt. Bist du mit dem Entdecken des Ortes fertig, dann kehre zurück in die Rahmenhandlung und folge Drakes Abenteuer zum nächsten Abschnitt. Neue Abschnitte der Handlung sind mit dem jeweils nächsten Großbuchstaben markiert: Hast du beispielsweise **A1** und **A2** gelesen und alle Orte erkundet, wirst du aufgefordert, zu Abschnitt **B1** weiterzugehen.

Orte erkunden:
Bist du in der Rahmenhandlung auf einen Ort gestoßen, liegt es an dir, ihn zu erkunden. Beim Erkunden schlägst du die dreistelligen Zahlen auf der Illustration im Buchabschnitt mit den Ortsnummern nach. Was sich hinter den einzelnen Nummern versteckt, wird dir in dem zugehörigen Abschnitt der Rahmenhandlung verraten. In welcher Reihenfolge du die Nummern erkundest, kannst du selbst wählen. Aber du musst alles erkunden, bevor es weitergehen kann.

Manche Ortsnummern mögen auf den ersten Blick unbedeutend erscheinen. Im Verlauf des Abenteuers können diese aber durchaus wichtig werden. Scheue dich daher nicht, an einem späteren Punkt der Geschichte zurückzublättern und eine Ortsnummer vielleicht mit einem Objekt zu kombinieren.

Zum Beispiel steht in Drakes Zimmer ein Kleiderschrank, der jedoch verschlossen ist. Der dazugehörige Schlüssel wird dir erst später im Abenteuer begegnen. Wenn du den

Schlüssel gefunden hast, kannst du ihn jederzeit mit dem Ort kombinieren und so den Kleiderschrank öffnen.

Objekte finden:
Beim Erkunden der Orte wirst du Objekte finden, die für den Verlauf von Drakes Abenteuer wichtig sind, so wie seine Hausapotheke, Heiltränke oder gar sein Zauberstecken, mit dem er Elementarmagie wirken kann. Ob du das Objekt auch in deinen Besitz bringen kannst, erkennst du daran, dass hinter dem Objektnamen eine zweistellige Nummer in Klammern steht, zum Beispiel Schlüssel **(18)**.

Hat das Objekt keine Nummer, dann ist es nicht weiter relevant für das Abenteuer.

Es kann aber auch sein, dass du ein Objekt schon in deinen Besitz gebracht hast, du es aber noch freispielen musst. Das kann im Text so aussehen:

„Drake fischte die Holzschatulle unter den Kleidungsstücken hervor (11). Alle Kammergenossen der Akademie teilten sich eine ‚Hausapotheke' mit dem Grundvorrat der üblichen Tränke."

In diesem Beispiel darfst du die Hausapotheke an dich nehmen, da deren Nummer auftaucht. Schneide sie dir aus und klebe sie, wenn du möchtest, auf den dafür vorgesehenen Kästchen auf der Umschlagklappe ein. Auf den Inhalt der Hausapotheke hast du zu diesem Zeitpunkt aber noch keinen Zugriff. Du musst im Laufe des Abenteuers selbst herausfinden, wie du die Hausapotheke freispielen kannst.

Kombinieren:

Im Verlauf des Abenteuers kannst und musst du bestimmte Elemente miteinander kombinieren, um weiterzukommen. Dabei verbindest du entweder beliebig viele Objekte mit einer Ortsnummer oder beliebig viele Objekte miteinander. Stelle bei allen Kombinationen die kleinere Zahl nach vorn und die größeren nach hinten.

Willst du zum Beispiel den Kleiderschrank **(401)** in Drakes Zimmer mit dem Schlüssel **(18)** öffnen, dann sortiere die Nummern der Größe nach **(18401)** und schlage diese im Buchabschnitt mit den Kombinationen nach.

Gleiches gilt, wenn du zwei oder mehr Objekte kombinierst. Angenommen, du willst mit dem Schlüssel **(18)** Drakes Hausapotheke **(11)** öffnen, dann kombiniere wieder beide Zahlen in der richtigen Reihenfolge **(1118)** und schlage den Eintrag bei den Kombinationen nach.

Achtung: Nicht jedes Objekt lässt sich mit jedem anderen Objekt oder jeder Ortsnummer kombinieren. Manchmal kann es auch passieren, dass dabei ein Objekt verloren geht oder gar zerstört wird. Überlege daher genau, ob deine Kombination klug ist oder Drake Schaden zufügen könnte. Falls du eine Nummer gar nicht findest, ist auch keine Kombination möglich.

Allgemein:

Jeder Textabschnitt endet mit einer dieser drei Varianten:

1. Du findest am Ende eines jeden Abschnitts eine Weiterleitung zu einem anderen Abschnitt, zum Beispiel Nummer **112.** In diesem Fall blätterst du zu dem jeweiligen Abschnitt und liest die Geschichte dort weiter.
2. Der Abschnitt endet mit einer Entscheidung und der daraus resultierenden Weiterleitung zum nächsten Abschnitt. Du wählst also eine der angebotenen Entscheidungen und folgst deren Weiterleitung.
3. Du wirst zurück zu der Rahmenhandlung geführt, von der aus du die Erkundung gestartet hast.

Lebens- und Charismapunkte:

Ob Drake sein Abenteuer gut meistert, liegt in deiner Hand. Manche Entscheidungen können Drake Lebenskraft kosten, andere sein Charisma verbessern oder verschlechtern.

Lebenspunkte zeigen den Energiestatus von Drake an und können über Erfolg oder Niederlage mancher seiner Aufgaben entscheiden. Versuche daher, nicht zu viele Punkte zu verlieren.

Einige Objekte können Drake auch Lebenspunkte zurückgeben. Auf diesen Karten ist jeweils angegeben, wie oft man sie einsetzen kann und was Drake an Lebenspunkten zurückerhält. Diese Objekte müssen hierbei nicht mit anderen Karten kombiniert werden und können nach Auffinden jederzeit eingesetzt werden.

Charismapunkte wirken sich auf Drakes Erscheinungsbild aus und erleichtern es ihm, Informationen von Personen zu erhalten. Unterschätze sie daher nicht.

Du startest mit **23 Lebenspunkten** (LP) und **10 Charismapunkten** (CP). Deine Punktestände kannst du in den Notizzeilen auf den Umschlagklappen festhalten. Das Ende dieses Abenteuers wird davon beeinflusst, mit wie vielen Punkten Drake die Geschichte verlässt.

Ende

Das Ende von Drakes Abenteuer wird von deinen Entscheidungen beeinflusst.

Nach Abschnitt **G7** der Rahmenhandlung wirst du aufgefordert, deine gesammelten Lebens- und Charismapunkte auszuwerten. Entsprechend ihrer Anzahl leitet dich der Text zu einem der Abschnitte **H1** bis **H4** weiter.

Los geht's!

Jetzt kennst du alle Spielregeln dieses Buchs und dein Abenteuer kann beginnen. Starte mit Abschnitt **A1**.

Wenn ein Rabe krächzt, so sagt man,
macht sich ein Zeitenwächter
auf in eine andere Zeit.
(Clio Fourble)

A1 Blitze zuckten vor Drake Winterstones innerem Auge, als er den Zeittunnel öffnete, und er nahm den Geruch verbrannten Metalls wahr. Die scharfen Krallen des Raben Corx bohrten sich durch sein Gewand in die Haut seiner Schulter, doch das störte Drake nicht. Wie für jeden Zeitenwächter war auch für ihn der Rabe unverzichtbarer Freund und Begleiter. Nur mit der vereinten Hilfe von Corx' Kräften und der Macht des Rabensiegels, das in seinen Nacken gebrannt war, konnte er die Tunnel aufbauen, die Reisen zu fast beliebigen Orten und Epochen erlaubten.

Drake schloss die Augen, und ein Zittern fuhr durch seinen Körper, als der Tunnel sich verdichtete und die Kräfte des Universums an ihm rissen. *Konzentriere dich,* konnte er Corx in seinen Gedanken hören. *Um ans Ziel zu gelangen, musst du zunächst den Weg überstehen.*

Dass Drake Corx hören konnte, war etwas Besonderes. Von allen Studierenden an der Akademie der Zeitenwächter war er der Einzige, dessen Bindung an seinen Raben so stark war, dass sie – wenn auch nur in Gedanken – verbale Verständigung ermöglichte.

Jetzt endlich spürte Drake, wie sich die Energie des Tunnels fokussierte. Nur noch wenige Momente, dann würde er durch Zeit und Raum reisen. Ein Rauschen hob an und wurde immer lauter, bis es seine gesamte Wahrnehmung erfüllte. Durch das Tosen hindurch vernahm er plötzlich eine Stimme, wie von fern. Drake strengte sich an, um sie zu verstehen. Dann hörte er es:

„Drake, geht es dir gut? Freund, haben böse Geister Besitz von dir ergriffen?!“

Drake stutzte, öffnete die Augen – und fand sich in seiner Kammer in der Akademie wieder. Es war eine Vollmondnacht, und sein Zimmergenosse Seth sah aus seinem Bett besorgt zu ihm herüber.

„Seth?“, murmelte Drake. „Ich wollte doch nach Paris. Welches Datum ist heute?“

„Oje“, rief Seth, „haben dir Traumgespinste dein Hirn vernebelt?! Heute ist die Nacht auf den 31. Oktober 1622, der Tag der großen Prüfung! Der Tag, an dessen Ende wir das Rabensiegel eingebrannt bekommen werden!“

Langsam wurden Drakes Sinne wieder klar. Er tastete die Haut an seinem Nacken ab – da war kein Rabensiegel! Es war ein Traum gewesen! Morgen erst würden er und seine Klassenkameraden sich des Siegels würdig erweisen müssen. Danach wären sie vollwertige Zeitenwächter, mit der Macht und Pflicht, den Strom der Geschichte vor anachronistischen Einmischungen zu bewahren.

„Morgen beginnt für uns eine neue Zeit.“ Seth richtete sich in seinem Bett auf und warf die Arme theatralisch nach oben. „Oh, großer Amun-Re, unzählig viele Sonnenläufe fochten wir gegen unheilige Kreaturen, lauschten den Klängen ferner Jahrhunderte, wälzten uns durch

Chroniken und Briefe und standen doch jede Gefahr vereint durch. Mögen uns die Götter noch einen weiteren Tag behüten." Seth grinste breit. „Es sind doch nur noch fünf einfache Prüfungen."

Drake musste ebenfalls grinsen. Seth war schon seit Jahren im 17. Jahrhundert, doch seine Sprache hatte nie ganz die Manierismen seiner Heimatzeit abgelegt, des Alten Ägypten in der Ära der Pharaonen. Anderen Studenten aus anderen Zeiten erging es ähnlich. Gerade die Mischung aus kulturellen und temporalen Hintergründen machte die Stärke der Zeitenwächter aus: Wohin sie ihre Missionen auch verschlagen mochten, und was immer ihnen dort begegnete, jemand unter ihnen wäre damit bereits vertraut.

„Seth, wenn du nicht bald Ruhe gibst, ich schwöre, dann ist dies deine letzte Nacht in diesem Jahrhundert." Drake mühte sich um Ernst in seiner Stimme und schleuderte seinem Kammergenossen einen Schuh hinüber. „Wir brauchen Schlaf."

Mit einem gespielten Seufzer wickelte Drake sich in die Decke. Er würde versuchen, den Rest der Nacht weder an die bevorstehende Abschlussprüfung zu denken noch an die Spinnen, die zu dieser Jahreszeit vermehrt in das alte Gemäuer strebten. Früher am Abend, als sein Freund und er sich Mut für den aufziehenden Prüfungstag angetrunken hatten, war ein handtellergroßes Exemplar aus der Schwärze unter seinem Bett gekrochen. Drake bekam eine Gänsehaut, wenn er daran dachte, dass das Tier noch immer dort lauern könnte.

Bevor ihm die Augenlider schwer wurden, wanderte Drakes Blick zu dem Gemälde über seinem Bett. Es war das Porträt einer jungen Frau. Rose – wunderbare, rätselhafte Rose, deren Lächeln auf diesem Bild Drake unmöglich deuten konnte. So wie er vieles an ihr nicht deuten konnte. War sie eine Freundin? Gar *seine* Freundin? Drake wusste es nicht. Sie fachte das Feuer, das in ihm brannte, immer wieder an, um den Flammen dann abrupt die Nahrung zu entziehen. Wolken zogen vor den Vollmond und warfen einen Schatten auf Rose' Lächeln.

Das Krächzen der Raben und das Schlagen der Wellen zwischen den Klippen unterhalb der Akademie besänftigen Drakes aufgewühlte Gedanken allmählich. Wie durch einen Schleier bekam er im Dämmerschlaf mit, wie Seth noch einmal aus dem Bett schlich und sich aus ihrer Kammer stahl. So versank Drake in der schmalen Schlucht zwischen Wachsein und Nachtschlaf, nicht ahnend, dass in den Fundamenten der Akademie ein Unheil seinen Anfang nahm.

Am Morgen trieb der Wind den erdfeuchten Geruch des nahen Herbstes bis in Drakes und Seths Kammer. Kalte Finger zwängten sich durch Mauerritzen und vorbei am Dachgebälk; auf der Suche nach den Schlafenden. Weil

Seth keinen Laut von sich gab, drehte Drake sich nochmals in seinen warmen Leinen um und genoss die unschuldige Stille aus Meeresrauschen und Windgeheul.

Nein, da lag noch etwas anderes in der Luft, kaum hörbar und doch ein leises Sirren. Die Mauern der Akademie schienen zu vibrieren, zu wispern. Drake wusste nicht, ob er weiterhin träumte, aber er glaubte, einen feinen staubigen Nebel zu sehen, der sich von der verputzten Wand löste und auf ihn niederrieselte.

Er musste niesen und war mit einem Schlag hellwach. Drake setzte sich ruckartig auf, und als er sich in seiner Kammer umsah, hatte er das höchst eigenartige, melancholische Gefühl, diesen Raum und das wenige Mobiliar zum letzten Mal zu sehen.

Keine Panik!, flüsterte er sich zu und rieb sich den Schleier der Nacht aus den Augen.

„Genug geruht, Seth!", rief er und sprang aus dem Bett. „Es ist Zeit. Unsere Zeit! Zeit, Geschichte zu schreiben, wie Meister Argus zu sagen pflegt." Ein Blick auf Seths Lagerstätte verriet ihm, dass sein redseliger Kammergenosse trotz der frühen Stunde bereits ausgeflogen war; mehr als untypisch für den Langschläfer.

Drake trat zum Fenster. Die Morgensonne tauchte den Himmel in einen Fliederfarbton. Eine gute Farbe, wenn es darum ging, Wiedergänger – untote Kreaturen, die man auf magische Weise ihren kalten Gräbern entrissen hatte –

zu bannen. „Was zwischen Tod und Leben hängt", gab Drake murmelnd den Absatz wieder, „fürchtet und meidet dies kalte Licht."

Wolken eilten über den englischen Küstenhimmel, und die Wellen unten bei den Klippen gebaren schäumende Gischt. Gedankenverloren pulte Drake eine Rabenfeder aus den Fugen der Vertäfelung. Corx hockte sicherlich im Rabenturm und machte den gefiederten Ladys schöne Augen. Oder er riskierte seinen Hals, weil er abermals zwischen Meister Torlunds Kräuterbeeten herumpickte.

Seinen Raben ausfindig zu machen war nur eine von vielen Aufgaben, um die Drake sich noch kümmern musste. Der Blick auf die hässliche Standuhr neben Seths Bett verriet ihm, dass er deutlich zu lang geschlafen hatte.

Fünf Prüfungsteile, fünf Utensilien: Er musste sich beeilen, seine Ausrüstung zusammenzusuchen. In Gedanken ging Drake noch einmal durch, was er alles benötigte: Neben seinem Raben Corx natürlich seinen persönlichen Akademiering und den Feuerstecken – einen armlangen Stab, zugleich magische Waffe und Werkzeug eines jeden Zeitenwächters. Und ohne das Decodierungsbuch sowie die sogenannte „Hausapotheke" würde er wohl kaum an Merris vorbeikommen – dem Hausmeister der Akademie, der den Zugang zum Prüfungsraum bereits seit dem gestrigen Abend überwachte. → **A2**

A2 Er ließ den Blick durch seine Kammer schweifen. Seths Bett stand an der anderen Wand, genau gegenüber seiner Schlafstätte (501). In der Mitte des Raums beschien das fliederfarbene Licht einen wackligen Holztisch (101). Der Rahmen des Gemäldes (201), das Drake über sein Bett gehängt hatte, war genauso alt und ehrwürdig wie der große Schrank (401) links neben der Eingangstür. Auf der anderen Seite der Tür krabbelte gerade eine Maus unter einer Kommode (301) hervor.

Wo soll Drake zuerst nach seinen Prüfungsutensilien suchen? Wähle eine Ortsnummer auf dem folgenden Bild und lies bei dieser Nummer weiter. Wenn du alle Orte besucht hast, lies weiter bei **B1**.

201
401
301
101
501

B1 Für gewöhnlich erwachte das Leben an der Akademie erst am späten Vormittag; wenn die Sonne durch die löchrige Spitze des Rabenturms lugte und die blauschwarzen Schindeln der übrigen Dächer zum Glänzen brachte.

Heute jedoch, zu dieser frühen Stunde, wuselten Studenten und Lehrmeister, Kammerdiener und Nachtwächter, Gärtner und Köche durch Steinflure und über von Morgentau feuchte Gartenwege – allesamt angetrieben durch den ungesagten Ruf des nahen feierlichen Ereignisses, das ihren gewohnten Tagesablauf durcheinanderbrachte.

Drake musste schmunzeln, als er das quirlige Eilen seiner Mitstreiter im Innenhof bemerkte. Hast, Getriebenheit, Unsicherheit – hätte ein Maler all dies auf eine Leinwand gebannt, es wäre ein sehr chaotisches Gemälde geworden.

Ein Schatten zu seiner Rechten ließ Drake herumwirbeln.

„Verfluchter Ghulmist! Das kann einfach nicht sein“, ertönte es vom Ende des Säulenganges.

Dort, wo eine der schweren Türen zu den Gewölben unter der Akademie führte, stand eine junge Frau, den schwarzen Schopf tief in ihrer Umhängetasche vergraben: Clio Fourble, die Beste aus Drakes Jahrgang.

Er hatte keine Lust, sich an diesem Morgen auf ein Gespräch mit ihr einzulassen. Zwar trennten Clio und ihn nur zwei Jahrhunderte und damit weniger Zeit, als es bei Rose und ihm der Fall war, doch die aus dem 19. Jahrhundert stammende Tochter zweier Fabrikarbeiter war anstrengend in ihrem Wissensdrang und buhlte noch dazu ständig um seine Freundschaft. Rasch richtete er seinen Blick nach vorn und tat einige Schritte in Richtung Innenhof.

„Drake? Grüß dich, ... guten ... na ja, Morgen." *Zu spät.* Sie hatte ihn entdeckt.

„Clio, was ist hier los? Hat sich jemand angesichts der Prüfung von den Zinnen gestürzt?" Drake rang sich ein Lächeln ab.

„Beschrei solch Unglück nicht!" Clio wischte sich fahrig die Hände an ihrem Rücken ab und warf Drake einen tadelnden Blick zu. „Sieh dich um, du bist der Letzte, der es erfährt."

„Was erfährt? Was ist passiert?"

„Ein schlimmer Unfall." Clio schlug ihre Tasche zu und verbarg sie hinter ihrem schmalen Rücken. „Du scheinst gut geschlafen zu haben, sonst hättest du die Schreie und Erschütterungen aus dem Gewölbe sicherlich auch vernommen."

Drake trat neugierig näher. Ein seltsamer Geruch schlug ihm entgegen. Wie von modernder Erde. Seine Nasenflügel blähten sich. „Was zur ...?"

Hastig strich sich Clio die Haare hinter die Ohren und deutete auf die Tür zum Gewölbekeller. „Dort unten, im Laboratorium. Man munkelt, dass sich eine Wer-Kreatur losgerissen hat. Vermutlich einer der Werwölfe aus Frankreich. Ein Nachtwächter soll von ihm gebissen worden sein, als er wegen des Tumults im Gewölbe nachgesehen hat." Sie schlug die Augen nieder. „Ich habe immer gesagt, man solle Experten die Aufsicht über diese gefährlichen Wesen überlassen."

Erneut sog Drake den seltsamen Verwesungsgeruch ein, der Clio umgab. Vielerlei Geschichten und noch mehr Gerüchte machten an der Akademie die Runde, was der Lehrmeister für die *Erforschung widernatürlicher Kreaturen* an Wesenheiten in den Weiten des Gewölbes beherbergte: groteske Monster, unheilige Geschöpfe und schattenhafte Wesen, geraubt und verschleppt aus fernen Ländern und Zeiten, eingepfercht und mit eisernen Ringen an die Grundfesten der Akademie gebunden zu nur einem einzigen Zweck, ihrer vollständigen Erforschung, egal um welchen Preis. Drake schauderte. Wenn es einen Lehrmeister in diesem Gemäuer gab, der die Schatten anzog wie der Mond die Motten, dann Meister Stig Torlund, ein Nordmann aus einer mehr als 600 Jahre entfernten Epoche.

„Du hast recht, aber … was wird man nun tun?", wollte Drake wissen.

Clio sah durch ihn hindurch. Ein seltsamer Schleier umspielte ihren Blick. „Was … was soll ich wissen?"

Drake stutzte. „Hä? Ich fragte, was man … ach, egal."

„Alles geschieht, wie es geschehen muss", murmelte Clio abwesend. Dann schüttelte sie sich, als wolle sie einen düsteren Gedanken loswerden, und fokussierte Drake wieder.

„Nun ja, der Zugang zum Gewölbe ist nun gesperrt. Es soll eine Untersuchung der Vorkommnisse geben. Aber erst nach den Prüfungen.“ Sie lächelte erleichtert. „Und? Bist du bereit?“

Drake nickte nachdenklich. „Ich hoffe es. Denk nur: Schon heute Abend tragen wir das Rabensiegel! Uns öffnet sich der einzige Weg, die Zeit zu durchreisen.“

Clio wirkte immer noch ein wenig abwesend. „Ein Weg“, murmelte sie. „Aber nicht der einzige.“

Drake blickte sie überrascht an. „Was meinst du damit?!“ Seit dem ersten Tag war ihnen an der Akademie beigebracht worden, dass nur die vereinte Kraft der Raben und des Rabensiegels eine sichere Passage durch die Epochen ermöglichte.

„Ach nichts“, beeilte sich Clio zu sagen. „Ich dachte nur: Denk mal an all die Anachronismen, die die Wächter im Zeitstrom berichtigen müssen. Wer immer die verursacht, hat vielleicht einen anderen Weg, durch die Zeit zu reisen.“

Darüber hatte Drake noch nie nachgedacht, aber der Gedanke leuchtete ihm ein. Bevor er ihn jedoch weiterverfolgen konnte, redete Clio schon weiter: „Übrigens, ich könnte Hilfe brauchen.“

Clio? Von mir? Drake hob die Augenbrauen. „Ja?“

„Ich suche mein Notizbuch, ich meine, eines meiner letzten Notizbücher. Es ist klein, in blau gefärbtes Hirschleder geschlagen. Könntest du bitte danach Ausschau halten? Es

soll nicht in falsche Hände geraten und ich halte dich für ..."
Drakes Mitschülerin errötete. „Ich muss mich noch ... um ein paar Angelegenheiten kümmern ... du weißt schon ... die Prüfung."

„Natürlich. Ich halte die Augen offen. Wo glaubst du es verloren zu haben?"

Clio zuckte mit den Schultern. „Ich war hier und dort, vielleicht in der Kapelle, vielleicht ... ach, ich weiß es nicht. Bitte versprich mir nur, nicht hineinzuspähen, wenn du es findest."

Drake nickte und sah Clio nach, als sie sich verabschiedete und Richtung Saal davoneilte. Sie verhielt sich noch eigenartiger als sonst. Er wurde das Gefühl nicht los, dass sie mehr über den nächtlichen Werwolfvorfall wusste, als sie zugab.

Er drehte sich um. Inmitten des Innenhofes saß – beschattet von einer großen Eiche und auf dem Rand des Brunnens – ein Mann, breitschultrig und groß wie ein Bär. Großmeister Argus biss in einen Apfel, als kümmerte ihn nur diese Frucht und alles um ihn herum wäre bloß Bühne.

„Junger Winterstone." Der Großmeister winkte Drake herbei, ohne aufzusehen.

Mit klopfendem Herzen trat Drake näher. Er hatte sich immer gefragt, was der weißhaarige Akademieleiter in ihm sah. Drake betrachtete sich selbst als durchschnittlichen Schüler, sah man einmal von seiner Gabe ab, sich mit Corx auf telepathische Weise zu verständigen wie kaum jemand in seinem Jahrgang. Er war einer der wenigen, die in diesem Jahrhundert geboren waren, und brachte deshalb auch kein großes Zeitwissen mit sich. Doch seit seinem ersten Tag vor über acht Jahren, damals war er zwölf gewesen, hielt der aus dem antiken Griechenland stammende Großmeister seine schützende Hand über ihn.

„Der Tag aller Tage. Mich erfreut, dass wir bereits heute Abend die Vergabe des Rabensiegels zelebrieren werden."

Drake nickte. *Falls mich vorher nicht noch ein umherspringender Werwolf beißt und falls ich die Prüfungen überlebe.* „Darf ich Euch etwas fragen, Großmeister?"

„Selbstverständlich. Allerdings kann ich dir zu den seltsamen Vorkommnissen im Gewölbe schwerlich etwas offenbaren. Wenngleich ich der Meinung bin, dass nicht jeder schmerz- oder gar lustvolle Schrei in der Nacht durch einen Werwolf verursacht wird."

„Darum geht es nicht", beeilte sich Drake zu sagen. Er fühlte sich ertappt und seine Gedanken überschlugen sich. Fieberhaft suchte Drake nach einer neuen Frage, um nicht als jemand dazustehen, der sich von Gerüchten Bange machen ließ. „Meinen Raben, habt Ihr ihn hier herumfliegen sehen? In letzter Zeit stolziert er oft durch den Kräutergarten ... oh, verzeiht!"

Der Grieche hatte die Hand mit dem angebissenen Apfel erhoben und lauschte. Mit einem Mal schien Großmeister Argus nicht mehr ganz so selbstsicher in sich zu ruhen.

„Was sagtest du?“

„Ich meine, Corx war in letzter Zeit oft …“

„Bleib im Licht? Was soll dies bedeuten, junger Winterstone?“ Großmeister Argus rutschte trotz seiner behäbigen Statur erstaunlich flink vom Brunnenrand und legte Drake seine runzelige Hand auf die Schulter. Kurz drückte er zu, als wolle er sich vergewissern, dass Drake wahrhaft vor ihm stand. Seine Augen jedoch waren auf einen Punkt hinter Drake gerichtet. „Bleib im Licht, stets ein guter Rat. Wo doch unter unseren Füßen so manch dunkles Geheimnis lauert.“

Was starren denn heute alle in die Luft?, dachte sich Drake und wandte sich höflich, aber irritiert ab.

„Corx ist im Rabenturm“, rief ihm der Großmeister noch hinterher und biss in seinen Apfel. Während er kaute, sah Argus wieder so unerschütterlich aus wie immer.

Drake ging einige Schritte in Richtung der Grabkapelle. Das Gebäude im nordwestlichen Teil des Innenhofes wirkte, als hätte ein Riese ein Spielzeughaus auf den Rasen gestellt und dort vergessen. Anders als die sandsteingelben Mauern der meisten Akademieflügel leuchtete die romanische Kapelle in erdigem Rot.

Unter dem heiligen Boden des Andachtsraumes, so wusste jeder, schlummerten nicht nur Generationen von Akademieleitern in ihren steinernen Sarkophagen. Den Legenden zufolge gab es hier auch eine verborgene Steinplatte, unter der sich die Überreste der Gründerväter befanden. Drake hatte erst vor einigen Monaten im Zuge seiner Prüfungsvorbereitungen darüber gelesen. Zwar waren sich die Quellen uneinig, aber einige datierten die Ursprünge der Akademie bis in die Zeit 5000 Jahre vor der Geburt des christlichen Propheten.

Weil sich Drake an das Versprechen erinnerte, das er Clio gegeben hatte, rüttelte er an der Kapellentür. *Verschlossen, wie immer.* Seth hätte das nicht aufgehalten. Aber sich am helllichten Tag mit schwarzmagischen Dietrichen an der Tür zur Grabkapelle zu vergehen, das war nicht Drakes Stil. Außerdem war es auch Clio nur erlaubt, die Kapelle und die darunterliegende Krypta in Begleitung eines Lehrmeisters zu betreten. Ihr Notizbuch wäre kaum unbemerkt zwischen wurmstichigen Bankreihen oder Lehrmeistersärgen verloren gegangen. → **B2**

B2 Weiterhin von Unruhe erfüllt angesichts der vergangenen und kommenden Ereignisse, ließ Drake seinen Blick aufs Neue über den morgendlichen Innenhof schweifen. Sein Kammergenosse Seth hockte verbotenerweise auf dem Mäuerchen des Säulengangs (102), den Kopf lässig in Richtung des Gartens gewandt. Großmeister Argus lehnte noch immer am Brunnen in der Mitte des Hofes und schenkte weder Seth noch Drake Beachtung. Auf der gegenüberliegenden Seite des begrünten Kreuzgangs waren die Torflügel zum großen Saal (402) kaum zu erkennen, da bereits viele Studenten auf Einlass warteten. Durchlöchert wie ein alter Zahn ragte der Rabenturm (202) am nordöstlichen Ende des Gebäudekomplexes in die Höhe. Die Statue des Akademiegründers K'Prie hielt zwischen Gemüse- und Kräuterbeeten einsam Wache.

Verstohlen sah Drake zum Eingang des Gewölbekellers (302), hinter dessen Tür sich das nächtliche Drama abgespielt haben musste.

Wähle eine Ortsnummer auf dem folgenden Bild und lies bei dieser Nummer weiter. Wenn du alle Orte besucht hast, lies weiter bei **C1**.

202
102
302
402

C1 Das Oktagon, wie der achteckige Saal offiziell hieß, war ein Anblick, an dem sich selbst langjährige Akademiemitglieder kaum sattsehen konnten. Auch Drake verschlug es an diesem Mittag erneut den Atem. Ehrfurchtsvoll blieb er auf der Schwelle stehen, während um ihn herum die nervösen Studenten hereinströmten.

Kalkstein und Eichenholz dominierten die Ausstattung. Drake hatte im Zuge seiner Ausbildung gelesen, dass die Grundmauern der Akademie bis in das jungsteinzeitliche England zurückreichten. Legenden zufolge führten geheime Gänge hinter den kastenförmigen Holzvertäfelungen, die den Sockel der Saalmauern verkleideten, bis zu den Fundamenten knapp über dem Meeresspiegel. Was dort unten zu finden war oder, wie man munkelte, seit Jahrhunderten permanent gefüttert wurde, war allerdings nur wenigen Lehrmeistern vorbehalten zu wissen.

Fahnen, Banner und Wappen derer, die die Zeitenwächterprüfung in vorherigen Jahrhunderten absolviert hatten, schmückten die Wände. Angefangen mit dem Emblem von Ambrosius, der den Cerberushund zurück in die Unterwelt geführt hatte, über das Wappen der Ibis und ein Bildnis des Göttervaters Odin mit seinen beiden Raben bis hin zum Emblem Sir Walter Scotts, des unermüdlichen Sammlers gestrandeter Artefakte. Einige Plätze zwischen den Symbolen von Vögeln, Sanduhren und gekreuzten Kampfstecken waren noch frei. Drake hoffte, dass sich schon an diesem

Abend auch sein gewähltes Wappen (ein Rabe inmitten eines stilisierten Menschenkopfes) in diese ruhmreiche Gesellschaft einreihen würde.

Mit andächtigen Schritten ging Drake – sein Rabe Corx verhielt sich auf seiner Schulter ungewohnt lautlos – auf das Zentrum des Saals zu. Dort, umrundet von achteckigen Bankreihen, auf denen die Lehrmeister der Akademie thronten, ruhte inmitten eines kohlegespeisten Feuers das Symbol all dessen, auf das Drake hingearbeitet hatte: das Rabensiegel.

Acht Jahre war es her, dass ein Diener der Akademie an die Tür seines Elternhauses gepocht hatte. Drake wusste nicht, wie genau die Lehrmeister bestimmten, wer für die Reihen der Zeitenwächter infrage kam– aber schon nach seinem allerersten Tag hier hatte er erkannt, was für eine Ehre es war, unter den Auserwählten zu sein. Und als der Mond das erste Mal in das Fenster seiner Kammer schien, hatte Drake sich geschworen, alles zu tun, um sich dieser Ehre würdig zu erweisen. Jetzt, nach unzähligen Blessuren im Kampftraining mit dem Feuerstecken, nach acht Jahren der Erfolge und Misserfolge bei den Versuchen, mithilfe der Lehrmeister Tore in ferne Epochen aufzustoßen, nach acht Jahren des Lernens und Leidens war Drake am Ziel seiner Reise. Fünf Prüfungen trennten ihn von dem begehrten Brandzeichen, das nur vollständig ausgebildeten Studenten der Akademie in den Nacken gesetzt wurde; ein Schmerz, auf den Drake fieberhaft hingearbeitet hatte.

Hier also beginnt es, wandte er sich in Gedanken an Corx und warf einen Blick auf den aufziehenden Sturm, der das Sonnenlicht hinter den Fenstern mehr und mehr zurückdrängte.

Corx flatterte zu seinem Platz bei den anderen Raben, hoch oben im Gebälk des Oktagons , das von einem großen Kerzenrad erhellt wurde. Währenddessen lief Drake zu den Studierendenplätzen gegenüber dem Eingangsportal. Die treppenförmig errichteten Sitzreihen hatten sich bereits gut gefüllt, während Drake nach seinen Utensilien gesucht hatte. Seth und Henry, ein Student aus dem Oxford späterer Jahre, sowie Rose saßen ganz oben beisammen. Sollte er sich zu ihnen gesellen, sie bitten, sich dazwischenquetschen zu dürfen?

Natürlich, sie waren seine Freunde. → **112**

Nein, irgendetwas sagte ihm, dass er sich nicht dazwischendrängen sollte. → **116**

C2 Die wissbegierige Mitschülerin rückte ein wenig zur Seite, als Drake sich lächelnd neben sie setzte.

„Nichts gefunden“, raunte er ihr zu.

„Was?“, gab Clio irritiert zurück.

„Dein Buch. Dein Notizbuch. Ich habe es bisher nirgends gesehen.“

Clio strich sich eine Haarsträhne hinters Ohr. „Schon in Ordnung. Ist nicht mehr so wichtig.“

Nicht mehr so wichtig? Drake stutzte, aber er nickte nur.

Wie auf ein geheimes Zeichen durchfloss Stille das Oktagon. Alle Anwesenden richteten ihre Augen auf Großmeister Argus, der sich am Feuer mit dem Rabensiegel erhoben hatte und nun mit strengem, aber durchaus fürsorglichem Blick die Sitzreihen der Studenten maß.

Die Stille währte nur kurze Zeit, dann setzte der Leiter der Akademie zu einer seiner gefürchteten, weil ausschweifenden Reden an.

Wie erwartet würdigte Meister Argus die Anstrengungen von Studenten und Lehrmeistern der letzten Jahre, stellte die besonderen Leistungen bei der Erforschung der walisischen Sumpfgeister sowie der deutschen Kobolde heraus und lobte im Speziellen die erst vor wenigen Wochen durch den Abschlussjahrgang erfolgte Sicherstellung eines Kampfflugzeugs, das in die falsche Epoche geraten war. Aber der Großmeister fand auch mahnende Töne. „Vergesst nie", beschwor er die Studierendenschaft, „dass der Fluss der Zeit nicht so geradlinig vom Gestern ins Morgen führt, wie der Großteil der Menschheit glaubt. Wirbel, Treibgut und Untiefen können sich immer und an jeder Stelle bilden – auch in dem, was wir schon für vergangen halten. Unsere Aufgabe ist es, den Strom wieder in sein Bett zu führen. Denn wenn er es komplett verlässt, kann das katastrophale Folgen haben."

Alle wussten, worauf Meister Argus anspielte. Der Überlieferung nach war eine solche Katastrophe der Ursprung der Akademie. Der steinzeitliche Jäger K'Prie war ins Feld gezogen gegen einen Razz'Kalar – einen zeitschlingenden Dämon mit der Macht, den Fluss der Zeit unwiderruflich zu ändern, nachdem dieser K'Pries angestammte Lande überflutet hatte. Jeder angehende Zeitenwächter kannte das Standbild im Hof, das ihn mit den wenigen Dingen zeigte, die er der Sage nach aus seiner versunkenen Heimat gerettet hatte: einem Speer, einem Bündel Felle und einer Handvoll Seeschlangenzähne. Schon oft hatten sowohl Studenten als auch Lehrmeister diese Statue in der Hoffnung auf etwas Glück berührt.

Drake merkte, wie beständig stärker werdende Kopfschmerzen ihn von den Worten des Meisters ablenkten. Als er die Augen für einen Moment schloss, merkte er, dass nicht die Präsenz des großen Saals, die einlullende Rede oder die kollektiven Erwartungen den Schmerz hervorriefen. Der Geruch fauliger Erde kroch wieder in seine Nase und Drake konnte nicht umhin, zu erkennen, dass dieser eigentümliche Gestank noch immer von seiner Nachbarin ausging.

Er musste Clio wohl zu lang aus den Augenwinkeln gemustert haben, denn diese sah ihn plötzlich fragend an.

„Mit welcher Prüfung wirst du beginnen?", flüsterte sie.

Es war eine berechtigte Frage. Die fünf Prüfungen – *Ohren, Zunge, Hand, Augen* und *Seele* – waren so gestaltet, dass sie alles Wissen und alle Fähigkeiten testeten, die ein Zeitenwächter brauchen würde.

„Auf jeden Fall werd' ich mir die *Prüfung der Seele* bis zum Schluss aufsparen", wisperte Drake zurück und versuchte, nicht durch die Nase zu atmen. „Die telepathische Verbindung mit Corx wird erst dann störungsfrei ablaufen, wenn ich die Last der anderen Prüfungsteile hinter mir habe."

„Gute Wahl! Ich will zuerst die Decodierung in der *Prüfung der Augen* angehen. Im Gegensatz zu den übrigen Proben wird das ein Kinderspiel. Die meisten Sorgen bereitet mir jedoch weiterhin die *Prüfung der Hand*. Ich hoffe, die Lehrmeister haben gnädige Kreaturen ausgewählt."

Nahezu jeder an der Akademie wusste, wie sehr Clio die Kampfprüfung fürchtete. Die ansonsten überaus scharfsinnige Studentin hatte den Umgang mit dem Erdstecken nie gemeistert, obgleich dieser von allen fünf Elementarstäben, zwischen denen man wählen konnte – Feuer, Wasser, Erde Luft und Licht – der am leichtesten zu beherrschende war,

„Gnädige Kreaturen …" Drake schüttelte den Kopf. „So was gibt's nicht."

Clio sah ihn unsicher an. „Es sollen schon Studenten dabei gestorben sein", murmelte sie.

Drake nickte düster. Es kam nur selten vor, aber es kam vor. „Keine Angst, Clio", versuchte er es im beruhigendem Tonfall, „wenigstens ist es eine Gruppenprüfung. Die stehen wir gemeinsam durch – was immer die Lehrmeister aus den Kerkern gegen uns aufbringen."

Ein kaum wahrnehmbares Lächeln huschte über Clios Gesicht. „Aber sie werden sich doch an die eiserne Regel halten, oder? Nicht in den Kampf eingreifen; was auch geschieht."

„Ja, schon, aber deswegen musst du dich nicht sorgen ...", begann Drake, doch Clio unterbrach ihn: „Sorgen? Nein, ich *hoffe,* dass sie sich daran halten."

Drake sah sie fragend an. Er wollte noch etwas erwidern, aber da ertönte die laute Stimme des Großmeisters.

„Genug der Worte", rief Meister Argus in das Oktagon. „Es ist an der Zeit, Geschichte zu schreiben. Erhebt euch nun, Studentinnen und Studenten der Akademie der Zeitenwächter!"

Unter dem Applaus der anwesenden Lehrmeister, der Mitglieder der jüngeren Jahrgänge und dem Rabenkrächzen im Gebälk stiegen Clio, Rose, Seth und Drake sowie die anderen ihres Jahrganges die Stufen der Sitzreihen hinab und verteilten sich im Oktagon, bereit für die Abschlussprüfung. → C3

C3 Drake ließ seinen Blick umherschweifen. Meister Colain stand vor der Wand zur *Prüfung der Ohren* (103) bereit. Der Tisch unter dem rechten Fenster war für die *Prüfung der Zunge* (203) mit diversen Tränken vorbereitet worden.

Eine Tafel mit glimmenden Schriftzeichen (303) wartete bei der *Prüfung der Augen* auf die Schüler. Hinter dem schweren Vorhang zu Drakes Rechter (403) verbarg sich die *Prüfung der Hand*.

Drake fiel die Entscheidung nicht leicht, mit welchem Prüfungsteil er beginnen sollte. Eines war ihm jedoch klar: Die *Prüfung der Seele* würde er sich bis zuletzt aufsparen.

→ Entscheide, mit welcher Prüfung Drake beginnt. Nach dem Absolvieren aller vier Prüfungen fahre fort bei **C4**.

303
103
203
403

C4 Die *Prüfung der Seele* war die schwierigste aller Zeitenwächterprüfungen – aber auch die aufregendste. Es war die erste Gelegenheit für zukünftige Zeitenwächter, selbst das Ziel eines Zeittunnels zu bestimmen. Während der Ausbildung waren es immer die Lehrmeister, die die Passage durch den Zeitstrom lenkten. Doch hier, bei der *Prüfung der Seele,* gaben sie dem Prüfling die Kontrolle. Mithilfe der Macht ihrer Rabensiegel und der Kraft seines Raben Corx würde Drake erstmals in der Lage sein, das zu tun, was eigentlich nur Träger des Rabensiegels vollbringen konnten: ein eigenständig platziertes Portal in eine andere Zeit! „Zeiget uns, wohin Eure Seele strebt!", rief Großmeister Argus die Formel, die die Prüfung einleitete. Einige von Drakes Mitstreitern hatten sie bereits vor ihm absolviert. Sie alle hatten bestanden, manche glanzvoller, andere mit Mühe und Not. Jetzt war es an Corx und ihm, einen stabilen Zeittunnel in eine selbst gewählte historische Epoche der Menschheit zu erschaffen.

Drake versenkte sich tief in sein Inneres, blendete das Oktagon und alle Anwesenden aus, schloss die Augen und traf Corx in seinen Gedanken. Einen Moment lang kehrte die Erinnerung an seinen nächtlichen Traum zurück, in dem er einen Zeittunnel nach Paris aufgebaut hatte.

Also dann, die Stadt am Ufer der Seine?, fragte der Vogel.

Drake begann mit der einstudierten Prozedur. Vor seinem inneren Auge sah er, wie kleine blaue Blitze über das

Rabengefieder wanderten. *Wenn nicht jetzt, wann dann? Auf, Corx, so wie wir es geübt haben!*

Corx' Federn bauschten sich auf, die Blitze wurden zahlreicher und größer. Drake hörte, wie ein Raunen durch das Oktagon lief. *Konzentriere dich!,* ermahnte er sich und seinen gefiederten Seelenfreund.

Die Augen noch immer fest geschlossen, gewahrte er den Gestank verbrannten Metalls. Ein gutes Zeichen, denn dieser Geruch wölkte immer dann auf, wenn man einen Zeittunnel erschuf und dieser sich stabilisierte. Vorsichtig, aber nur zu einem Spalt, öffnete Drake die Augen. Inmitten der Blitze, die einen Torbogen beschrieben, schälten sich die kobaltblauen Dächer einer weitläufigen Stadt, gekrönt von den zwei spitzenlosen Türmen einer Kathedrale, aus dem Gleißen.

Zu hoch!, mahnte Drake. *Auch wenn wir nicht hindurchgehen müssen, Argus will sehen, dass wir den Tunnel auf der Straße hinter den Barrikaden der Revolutionäre aufsetzen können.*

Ich versuch's, krächzte Corx ein wenig beleidigt. *Du aber solltest auf seine Worte hören.*

Seine Worte? Was …? Langsam senkte sich der Tunnel in Richtung des Pariser Straßenpflasters. Drake spürte, wie ein Zittern durch seine Füße wanderte. Corx war ein überaus starker Rabe: Seine Fähigkeit der Zeitreisemagie suchte an der Akademie seit vielen Jahrzehnten ihresgleichen, ohne Pendant.

Erinnere dich an Argus' Worte, Drake! Corx' Stimme klang flehend. *Bei allen Rabenschwingen: Bleib beim Zeittunnel, Corx, wir haben es fast geschafft!*

Erneut wallte ein Zittern durch Drake. Entfernt hörte er, wie die Anwesenden im Oktagon aufstöhnten. Das ließ seine Konzentration wanken. Der Zeittunnel begann, in sich zusammenzufallen.

Corx! Lass mich nicht im Stich!

Ich ... ich bin das nicht ... es ist da draußen! Drake, höre auf die Worte des Großmeisters!

Drake riss die Augen auf. Er blickte in verunsicherte Gesichter, in ängstliche Mienen. Die Stimmen im Saal überschlugen sich.

Da erbebte das Oktagon ein drittes Mal. Staub rieselte von der Decke, das Kalkgestein riss, die Holzvertäfelungen ächzten, und Pendragons Banner fiel von der Wand.

Unter den Anwesenden brach Panik aus. Studenten sprangen auf und drängten gegeneinander. Drake glaubte zu hören, dass Seth nach ihm rief. Er bemerkte, wie sich Rose an seinen Freund klammerte und dass Clio mit angstgeweiteten Augen wie erstarrt dastand. Lehrmeister donnerten Befehle und Flüche. Stecken knisterten, formten Schutzschilde. Begleitet vom Krächzen der aufgescheuchten Rabenschar manifestierten sich Tunnel in andere Zeiten und an andere Orte, fielen aber wieder in sich zusammen, bevor jemand hindurchschreiten konnte.

Ein dumpfer Schlag zu Drakes Füßen, gefolgt von einem Bersten von Stein und Holz und Glas, als hätten sich alle schlummernden Riesen der altenglischen Königslande zugleich erhoben, erschütterten die jahrtausendealten Fundamente der Akademie. Mensch und Getier schrien auf und brandeten übereinander, dem Ausgang entgegen. Drake wurde mitgerissen.

Einzig Meister Argus verharrte statuengleich inmitten des Chaos, als wäre er an einem anderen Ort. Drakes Blick traf den des Großmeisters. Der alte Mann nickte mit einem wissenden Lächeln.

Bleib im Licht!

Während sich der Boden des Oktagons hob und senkte wie der Rücken einer Seeschlange und sich Drake gegen die Wucht der Panischen stemmte, echoten die Worte des Großmeisters durch Drakes Gedanken.

Bleib im Licht!

Hatte der alte Grieche etwa all dies vorhergesehen? Hatte Argus die Zukunft bereist, um Drake zu warnen? Eine dunkle, nicht allzu ferne Zukunft?

Bleib im Licht!

Drakes Gedanken schrien, zerrten an seinem Körper, als zögen unsichtbare Seile ihn in unterschiedliche Richtungen. Oder Zeiten.

Alles stürzte auf ihn ein: Drakes eigenes, seltsames Gefühl am fliederumwölkten Prüfungsmorgen. Seths ahnungsvolles Gebet. Roses Sprüche. Clios merkwürdiges Gebaren. Die Worte des Großmeisters. Und Corx' Warnung.

Drake zwang seine Gedanken zurück in die Gegenwart. Er musste handeln! „Bleib im Licht!" Aber in welchem Licht? Im Zentrum des Oktagons leuchtete noch immer das Feuer mit dem Rabensiegel? War es das? Oder meinte der Großmeister das Licht des Tages, das von den dicken Vorhängen an den Fenstern verschluckt wurde?

Beim Barte des Gründers, was soll ich jetzt tun?

Drake entschied, sich einen Weg zum leuchtenden Feuer mit dem Rabensiegel zu bahnen. → **513**

Drake entschied, sich bis zu einem der Fenster durchzukämpfen und dort die Vorhänge aufzureißen. → **613**

D1 Blut rann über die zerschnittene Stirn, sammelte sich auf aufgeplatzten Lidern und fand tropfenweise seinen Weg zu den verstummten Lippen. *Nass, dunkel, still – so ist es also, wenn man tot ist.*

Drake wartete darauf, dass etwas geschah. Doch der Schmerz umhüllte ihn wie ein ewiger, alles betäubender Schatten. Sogar der metallene Geschmack des Blutes wollte nicht bis zu seinem Hirn vordringen. Erneut leckte sich Drake über die Lippen. *Wieso spüre ich meine Zunge? Wieso denke ich?*

Er wagte, seine Augen zu öffnen. Sie gehorchten widerwillig und mit einem schmerzhaften Reißen der Wimpern. Er hatte erdige Schwärze erwartet, vielleicht grelle Himmelweiten oder im schlimmsten Fall die unendliche Zahl gepeinigter Seelen im Fegefeuer. Stattdessen sah er … nichts.

Umgeben von namenloser Dunkelheit, wallte Panik in Drake auf. Fahrig tastete er dorthin, wo einmal sein Gesicht gewesen war. Er stieß auf brennende Wunden und nasse Haut. Dass da ein Gesicht war, *sein* Gesicht, gab ihm Halt. *Ich bin nicht tot.*

Er wagte es, sich aufzusetzen. Der Schmerz in Kopf, Rücken und Gliedern bestätigte, dass auch der Rest seines Körpers noch da war, dass er womöglich weiterhin existierte. *Aber wo bin ich?*

Stöhnend legte er den Kopf in den Nacken. Etwas knirschte. Drake war sich nicht sicher, ob es seine Knochen waren. Aber das, was ihm noch immer von Stirn und Nase tropfte, war Regen. Kein Blut.

Als er erneut vorsichtig umhertastete, spürte er, dass er unter einem Baum kauerte. Die Borke fühlte sich modrig an. Es roch nach Tod.

Drake lauschte. In seinen Ohren hämmerte der Schmerz, aber auch ein hallendes Trippeln näherte sich und verschwand dann wieder. *Jetzt nur keine Spinnen.* Drake rutschte etwas von dem abgestorbenen Baum weg, befühlte ihn und erkannte, dass es sich nur noch um einen Stumpf handelte, kaum so hoch wie er selbst. Er konzentrierte sich erneut auf sein Gehör. Das Prasseln des Regens und die ferne Brandung des Meeres schälten sich mehr und mehr aus der Stille.

Er wischte sich nochmals über das Gesicht und blinzelte in die Dunkelheit. Nur langsam, als zöge jemand den schwarzen Vorhang einer Bühne auf, schälten sich Schemen aus der Finsternis. Zuerst waren es nur graue Formen, dann jedoch verdichteten sie sich zu behauenen Steinen – Steinen, die zu einer Mauer gefügt worden waren. Oben auf der Mauer standen Gestalten. Drei, nein vier, und starrten bewegungslos zu Drake herüber.

Hilfe!, wollte er rufen, doch seine Stimme versagte in einem rauen Keuchen. *Immerhin bin ich nicht allein.*

Er stöhnte vor Schmerz auf, als er seinen Körper abtastete und nassen, zerschlissenen Stoff fühlte. *Ich trage eine*

Robe. Unvermittelt kehrte die Erinnerung zurück. Die Prüfung. Die Explosion. Er war gefallen. Gestorben. Nein, nur tief gefallen. *Rose? Seth? Clio? Seid ihr das?*

Drake tastete über den Boden. Welkes Gras und klammes Erdreich zeigten sich. Und dann – er schrie auf, dieses Mal vor Glück statt Schmerz – trafen seine Finger auf einen Ast, ein schlankes Holz, das er sehr wohl kannte. *Mein Feuerstecken!* (14) Dankbar zog Drake den Elementarstab zu sich. Doch was war das? Der Stecken fühlte sich leichter an. Und kürzer. Der untere Teil fehlte, die gesplitterte Bruchstelle war aber noch warm. Drake rief sich die Formel zum Entflammen des Steckens ins Gedächtnis. Er musste sie dreimal in die regnerische Nacht wispern, bevor sich das Holz zu einem schwachen Lodern herabließ. *Immerhin, das Licht ist auf meiner Seite.*

„Wer … seid ihr?“, krächzte Drake, als er einige Schritte in Richtung der Mauergestalten kroch. Er freute sich, dass seine Stimme, wenn sie ihm auch alt und fremd vorkam, dieses Mal gehorchte. Mit zitternden Muskeln hob er den geborstenen Feuerstecken.

Wind zerteilte den Regen, und ein bleiches Licht weit hinter den Gestalten schärfte deren schlanke Konturen. Drake kroch weiter. Die Schatten der Nacht folgten ihm gierig, sogar aus dem Boden quollen sie. Er kroch schneller. Die stummen Gestalten bewegten sich nicht.

Die Mauer war niedriger als zunächst vermutet. Drake

zog sich hoch. Der müde Feuerschein seines Steckens offenbarte, dass viele der Steine gespalten waren. Moose und Flechten siedelten in den Ritzen.

Über Drake ragten vier abgebrochene Säulen in das Zwielicht. *Steine, keine Gestalten.* Zugleich erleichtert und enttäuscht wälzte sich Drake auf die Mauer. Hinter ihr prasselte der Regen in einen deckenlosen Flur und sammelte sich auf gesprungenen Steinplatten, zwischen denen fahles Gras spross.

Ein Gefühl von Panik kroch an Drakes nasskalten Gliedern hoch. Er versuchte, das Chaos zu ordnen, doch das Hämmern in seinem Schädel erlaubte keinen klaren Gedanken.

Suchend sah er sich um. In einiger Entfernung wölbte sich ein Hügel aus Steinen und Gras. Drake konnte die Höhe schlecht abschätzen, aber da das Mondlicht hinter dem Hügel schien, musste er höher sein, als er von hier aus wirkte. *Vielleicht sehe ich von dort mehr.*

Er torkelte hinauf, strauchelte in das ausgeblichene Gras und stützte sich auf zerrissene Mauersteine. Das Mondlicht wurde heller, und als Drake über die Kuppe spähte, musste er die Augen mit seinen zerschnittenen Händen abschirmen.

„Das ist kein Mond“, murmelte er in Regen und Meeresrauschen.

Er wandte sich von dem gleißenden Licht ab und schloss die Augen. Als die tanzenden Funken hinter seinen Lidern verschwunden waren, blickte er dorthin zurück, von wo er gekommen war.

Was er sah, ließ seine Welt einstürzen.

Mauerwerk, Flure und Treppen, die ins Nichts führten – die Ruine zu seinen Füßen glich dem aufgerissenen Leib eines gewaltigen Tieres. Doch dieser Kadaver aus Stein und Gras kam ihm seltsam vertraut vor.

„Bei allen Mächten des Lichts!" Drake ließ den Feuerstecken fallen und sank auf die Knie. „Die Akademie!"

Er wusste nicht, wie lange er auf das Unfassbare gestarrt hatte. Erst als der Wind auffrischte und hinter ihm etwas schepperte, als schlüge jemand eines der Gitter in den Verliesen zu, erhob Drake sich wieder und wandte sich zitternd um. Der vermeintliche Mond war kaum größer als ein Bankettteller. Er hing an einem eisernen Gestell, das im Wind ächzte, doppelt so hoch wie ein Mensch. Das Leuchten war noch immer so grell, dass Drake vermied, direkt hineinzuschauen. *Feuer ist es nicht, das dieses gleißende Licht speist. Ist es dann etwa ...?* Der Gedanke, der Drake kam, war zu verstörend, um ihn zu vollenden. Er umrundete das Gestell und berührte es mit dem Feuerstecken. Das Licht strahlte nur nach vorn, dahinter aber brummte es, als beherberge es einen Schwarm Bienen. Drake entdeckte eine gelbe, dreieckige Plakette, die an dem Gestell befestigt war. *Danger – Electricity. No climbing* stand auf dieser in lateinischen Lettern, nebst einem blitzförmigen Pfeil.

Immer schwerer wurde es, die furchtbare Ahnung zu unterdrücken, die in ihm reifte. Er trat hinter das Licht zurück und sah, was es beleuchtete.

Drake brauchte einige Zeit, um den Innenhof mit seinem Säulengang in den Überresten auszumachen. Regen und Schmerz verwischten weiterhin seinen Blick, aber das seltsame Licht enthüllte mehr und mehr Details. Da waren die Mauerreste der Akademiekapelle und weiter vorn ein Häuflein Steine, die einmal einen Brunnen gebildet hatten. Sogar die Position des Kräutergartens machte Drake zwischen Büschen und unter dem wild wuchernden Gras aus.

Schaudernd wandte er sich weiter um. Der Anblick des Rabenturms am Rand des Innenhofes schnürte sich in sein Herz.

„Corx", rief Drake in die Nacht, „bist du hier?"

Er wagte nicht, sich weiter umzudrehen. Hier war einst der große Saal gewesen.

Einst? Sein Herzschlag beschleunigte sich, als die Gewissheit sich in ihm Bahn brach. *In welchem Jahrzehnt … nein, in welchem Jahrhundert bin ich gestrandet?* → D2

D2 Als Drake in den Innenhof taumelte, das freigelegte und von den schützenden Mauern entleibte Herz der Rabenakademie, schrie jede Faser seines Körpers nach Ruhe. Doch zuvor galt es herauszufinden, was hier vorgefallen war, welche Mächte all dies zu verantworten hatten und welches Schicksal seine Freunde hatten erleiden müssen.

Er wankte den Hügel der steinernen Überreste des Oktagons (404) hinab und ließ seinen Blick, so gut es ging, umherwandern. Die Augen versagten ihm immer wieder den Dienst und der Hals schmerzte bei jedem Atemzug. Mit einer Spur von Dankbarkeit erkannte Drake jedoch die Umrisse des Rabenturms (204) am Rand des Hofes, der zwar kein Dach mehr hatte, aber noch immer an seinem Platz stand. Genau vor sich fand er den Baumstumpf der alten Eiche (504), die nun endgültig der Zeit zum Opfer gefallen war. Ein paar Schritte dahinter breiteten sich die verwilderten Flächen des ehemaligen Kräutergartens (804) aus. Zu Drakes Rechter, knapp hinter dem Eichenstumpf, erhob sich ein lang gestreckter weißer Kasten (304) von der Größe eines Hühnerstalls. In einiger Entfernung davon erkannte Drake die eingestürzte Ruine der Kapelle (104) und dahinter den teils aufgerissenen Säulengang, der einst zu seiner Kammer (704) geführt hatte. Ob auch noch die Tür zum Gewölbekeller (604) existierte?

Wähle eine Ortsnummer auf dem folgenden Bild und lies bei dieser Nummer weiter. Wenn du alle Orte besucht und alle möglichen Kombinationen ausprobiert hast, lies weiter bei **D3.**

204
404
104
704
304
604
504
804

D3 *Schattenwandern?!* Drake konnte das Entsetzen in Corx' Gedanken spüren. *Das ist Urmagie, von der du nichts wissen solltest!*

Auch du weißt davon, entgegnete Drake.

Und ich wünschte, ich wüsste es nicht.

Wir haben keine Wahl, Corx! Ich muss herausfinden, was in der Akademie passiert ist!

Einen Moment schwieg Corx. *Eine Reise! Nur eine!*, krächzte er dann.

Du weißt, wie es geht?, vergewisserte sich Drake.

Der Rabe gab ein zustimmendes Krächzen von sich und sah Drake direkt in die Augen. Der Student zuckte zusammen, als plötzlich konzentriertes Wissen in sein Hirn schoss. Auf einmal wusste er genau, was zu tun war und wie es ging.

Wie kann das sein?, fragte er entgeistert den Raben.

Magie ist größer und mächtiger als das, was euch die Meister lehren. Wir Seelenvögel wissen das, was euch verborgen bleiben muss. Einen kleinen Teil habe ich mit dir geteilt. Doch glaub mir, es gibt noch so vieles, was dir verborgen bleiben muss.

Drake sortierte einen Moment sein neu erworbenes Wissen, dann kniete er sich ins Gras, den verwilderten Kräutergarten in seinem Rücken, den aufgerissenen Säulengang vor sich. *Dann los! Was haben wir zu verlieren?*, dachte er mit konzentriertem Blick ins Corx' tiefschwarze Augen.

Der Vogel gab noch einen warnenden Ton von sich und startete dann mit einem ungewöhnlichen Flugmuster.

Drake versenkte sich indes in Konzentration, legte seine nach oben offenen Handflächen auf die Knie und fokussierte seinen Geist auf die Zeit vor der Zerstörung der Akademie. Nur wie aus weiter Ferne nahm er wahr, dass Corx ihn umkreiste, um Körper und Geist, Stoff und Schatten voneinander zu scheiden.

Der Schmerz kam schleichend, schwoll von einem Stechen zu einem Reißen an. Drake wollte aus der Konzentration auftauchen, aber er wusste, dass dies das Schlimmste war, was er während der Erschaffung eines Zeittunnels tun konnte. Auch wenn er dieses Mal nur seinen Schatten auf Reisen sandte. → E1

E1 Lautlos streifte das Eichenlaub des nahenden Herbstes über Drakes Knöchel. Er spürte es nicht. Statt Schuhwerk und Beinen waren da dunkle Schemen, die unablässig verwischten, um dann wieder zusammenzufließen. *Es hat funktioniert,* erlaubte er sich einen Gedanken und sah erneut an sich hinab. Sein Unterleib, seine Arme und Hände – nur Schatten. Drake wagte einen Schritt nach vorn. Die Schatten seiner Füße setzten auf dem hell flammenden Gras auf, sanken ein, doch kein Halm wurde gekrümmt.

„Schatten im Licht – ich bin hier und doch nicht da", hörte er sich murmeln. Seine Stimme war nicht nur in seinem Kopf. Graue Wellen breiteten sich von seinen Lippen aus, verwehten aber nach kaum einer Armlänge, und das Sprechen in der Vergangenheit schmerzte, als triebe es ihm glühende Spitzen in den Kiefer.

Langsam schälten sich Konturen aus dem Licht. Raben, kaum mehr als weiße Flecken, kreisten über dem Innenhof. Menschen, ebenfalls strahlend weiße Silhouetten, liefen umher. Als Drake ihr aufgeregtes Tuscheln hörte, wusste er, wohin und zu welchem Zeitpunkt er gereist war: *zum Morgen der Abschlussprüfung.*

Er wollte sich auf das Mäuerchen zwischen den Säulen setzen, um durchzuatmen. Aber er konnte den Stein nicht berühren. Und jede Bewegung seines schattenhaften Körpers kostete ihn Kraft.

Inmitten des hell scheinenden Innenhofs dachte er darüber nach, wohin er sich als Nächstes wenden wollte, als sich am südwestlichen Ende des Ganges die Tür zum Gewölbekeller öffnete.

Clio trat heraus, Drake erschauderte, eine frühere Clio. Fahrig sah sich seine Mitschülerin um, strich sich mehrmals die verschwitzten Handflächen trocken und kramte in ihrer Umhängetasche.

„Wo ist es nur?“ Clio durchwühlte noch immer ihre Tasche, als Drake seinem Schatten erlaubte, sich vorsichtig zu nähern. Er wusste nicht, was seine Präsenz auslösen würde, doch Clio schien sein Eindringen in die Zeit nicht zu bemerken.

„Der Stein ... ist da, aber ... wo ist das Notizbuch?“ Clio seufzte. „Meine Untersuchungen, all die Arbeit mit Meister Torlund, das Schattenwandern ... ich muss es wiederfinden, bevor jemand darin herumschnüffelt.“

Drake stand so dicht bei Clio, dass er sie hätte berühren können. Er hielt den Atem an aus Sorge, sie würde ihn hören. Sogar in ihre Tasche konnte er nun sehen. Zwischen Notizzetteln, Schreibzeug und mehreren Fläschchen lag ein taubeneigroßer Rubin.

„Verfluchter Ghulmist! Das kann einfach nicht sein“, schimpfte sich Clio weiterhin aus.

Drake horchte auf. Diesen Fluch hatte er schon einmal gehört. *O nein!*

Er wirbelte herum und sah sich selbst in den Säulengang treten. *Jetzt wird's spannend.* Vorsichtshalber trat er einen Schritt zurück, damit sein vergangenes Ich nicht in sein zukünftiges stolperte.

„Drake? Grüß dich, ... guten ... na ja, Morgen", sagte Clio und schloss rasch ihre Tasche.

„Clio, was ist hier los? Hat sich jemand angesichts der Prüfung von den Zinnen gestürzt?" Drakes jüngeres Ich setzte ein dümmliches Lächeln auf.

„Beschreie solch Unglück nicht!" Wieder wischte sich Clio die Hände ab und tadelte Drake mit Blicken. „Sieh dich um, du bist der Letzte, der es erfährt."

Drake merkte, wie ihm die Konzentration schwand. Das Gespräch zwischen ihm und Clio klang von Sekunde zu Sekunde dumpfer. Doch er verstand noch, wie Clio sein früheres Ich bat, bei der Suche nach dem Notizbuch zu helfen.

„Ha, wenn du wüsstest", entwischte es ihm. Zu laut. Schmerzen durchzuckten Drake am anderen Ende der Schattenverbindung.

Clio sah irritiert hoch und schaute in seine Richtung. Sie sah durch sein früheres Ich hindurch, doch ihr Blick konnte den Drake der Zukunft nicht erfassen.

Verflucht. Sie hat mich gehört, wagte Drake nur noch zu denken. *Ich muss vorsichtiger sein.*

„Alles geschieht, wie es geschehen muss", murmelte Clio,

schüttelte sich und richtete ihre Aufmerksamkeit wieder auf den Drake der Vergangenheit.

In Drakes Schatten aber, vielmehr in seinem noch immer in Konzentration versunkenen Geist einige Jahrhunderte später, stieg eine bittere Ahnung auf. Doch Drake erlaubte sich nicht, dieses Gefühl weiter zu erforschen. *Bleib konzentriert!*, mahnte er sich wieder und sah zu der verschlossenen Tür des Gewölbekellers.

Er wollte seine verbleibende Kraft noch auf ein anderes Gespräch verwenden. Und dann waren da der Rabenturm und Rose – er musste sie unbedingt wiedersehen, ihr noch einmal sagen, dass er sie liebte, bevor …

„Bitte versprich mir nur, nicht hineinzuspähen, wenn du es findest“, bat Clio sein früheres Ich, als sein Schatten schon auf dem Weg über den flirrenden Innenhof war.

Jeder Schritt durch die alte Zeit kostete mehr Kraft als Drake erwartet hatte. Schon lagerten sich einzelne düstere Abbilder eines verwilderten Innenhofes über die helle Vergangenheit. Je näher er dem Brunnen und dem apfelessenden Großmeister kam, desto schwächer wurden seine Schritte. Sein früheres Ich überholte den Schatten und gesellte sich zu Argus. Drake bot seine ganze Kraft auf, aber seine Glieder schmerzten und der Schmerz in seinem Kopf fraß mehr und mehr von seiner Konzentration. Immer häufiger und langanhaltender drängte die Nacht der Zukunft in den Morgen der Vergangenheit.

„Konzentrier dich!“, spornte Drake sich immer wieder an. Die schmerzenden Wellen seiner Stimme eilten über den Innenhof. „Bleib ... im Licht!“

Meister Argus hob lauschend den Kopf.

Schon beim nächsten Schritt verging Drakes Schattenleib und er konnte seinem eigenen Befehl nicht Folge leisten. Undurchdringliche Finsternis zog sich um ihn zusammen, als ihn die Zukunft mit Tausenden Fingern zurückriss *(LP–2)* → **E2**.

E2 Ein Rabe krächzte, als Schatten und Geist sich zusammenfügten. Drake erwachte. Er lag bäuchlings im Gras, die Hand in Richtung Brunnen ausgestreckt – des nun wieder zerstörten Brunnens.

Die Stimme von Corx war direkt neben seinem Ohr. Drake drehte sich auf den Rücken und sah zurück zum Säulengang. *Wie bin ich von dort ...?*

Ich habe dich gewarnt. Corx zwickte ihn ins Ohrläppchen. *Um Federnbreite wärest du im zeitlosen Reich zwischen Damals und Jetzt, zwischen Licht und Schatten geblieben. Sag, hast du zumindest etwas herausgefunden?*

Drake drehte sich stöhnend um und setzte sich auf. *Clio hat ein Geheimnis. Sie hat etwas mit dem Vorfall im Gewölbekeller zu tun.*

Corx krächzte missbilligend. *Keine große Erkenntnis.* Drake nickte. Erst jetzt begriff er das bittere Gefühl. „Alles geschieht, wie es geschehen muss“ – Clio hatte es ihm gesagt. Der Lauf der Zeit, er konnte nicht verändert werden. Als Schatten war er zum Beobachten verdammt. Er konnte keinen Stein bewegen, keine Türen öffnen. Einzig seine Stimme hatte Wellen in der Vergangenheit geschlagen.

Aber Clio hat mich gehört, fuhr Drake an Corx gewandt fort. *Und Großmeister Argus. Ich konnte mich in Gespräche einmischen, die bereits stattgefunden haben.*

Nein, Drake, diese Zwiesprachen sind so geschehen, WEIL du dich eingemischt hast.

Drake fixierte seinen Seelenfreund. *Du meinst ... ich habe auf meiner Reise in die Vergangenheit nur getan, was bereits stattgefunden hat?*

So ist es. Du lenktest deine eigene Zukunft.

Drake rieb sich den pochenden Kopf. Die Erkenntnis traf ihn wie ein vernichtender Medusenblick. Er selbst war es gewesen, der „Bleib im Licht!“ gerufen hatte. Großmeister Argus hatte diesen Ruf nur an ihn weitergegeben.

Dann ... dann war ich es am Ende selbst, der mich vor der Explosion im Oktagon geschützt hat?!

Corx steckte den Kopf zwischen die Federn. *Dein Schattenwandern hat deine Zukunft geschaffen.*

Meine Zukunft. Drake sah zurück auf die Akademieruine. Es war einzig und allein nur *seine* Zukunft. Nicht die von Rose, nicht von Seth, von Clio oder irgendwem sonst aus seinem früheren Leben. *Die Akademie ist zerstört und wird wieder zerstört werden, egal, wem ich im Gestern etwas ins Ohr flüstere.*

Corx nickte. *Und deine Freunde werden immer wieder sterben.* Er flatterte zurück auf Drakes Schulter. *Aber da ist noch etwas anderes: Meister Argus hätte deine Warnung nicht an dich weitergeben müssen. Dass er es gleichwohl tat, muss noch einen anderen Grund gehabt haben.*

Er will, dass wir herausfinden, was die Akademie zerstört hat, schloss Drake und ein Schauder rieselte über seinen Rücken. *Vielleicht ist es immer noch da. Wir müssen es wissen!*

Corx zwickte erneut in Drakes Ohrläppchen. *Kein weiteres Schattenwandern mehr!*

Aber wir müssen runter in diesen verfluchten Gewölbekeller. Dort unten lauern die Antworten auf die Katastrophe. Drake krallte die Finger in die feuchte Erde. *Wäre es mir damals vergönnt gewesen, die Prüfung zu beenden, könnte ich nicht nur als träger Schatten in die Vergangenheit tauchen, sondern auch Türen öffnen und Menschen berühren.*

Corx plusterte sich auf. *Ohne Rabensiegel offenbart sich diese Magie nicht. Wir müssen also ... Drake, hinter dir!* Corx flatterte hinauf in den Nachthimmel, Drake warf sich reflexartig hinter die Brunnenreste ins Gras.

„Steve, lass uns gehen, ich will nach Hause."

„Komm schon, Hanna. Es hat aufgehört, zu schiffen. In ein paar Stunden wimmelt es hier wieder von Forscher-Fuzzis. Noch haben wir unsere Ruhe, Babe."

Menschen?!, flüsterte Drake in Gedanken, den Kopf auf der nassen Erde. *Was tun sie, Corx?*

Sie halten einander fest, gab Corx ebenfalls in Gedankensprache zurück, während er weiter über dem Innenhof kreiste.

Sie tun was?

„Steve, über uns ist so'n komischer Vogel. Ich fühl mich beobachtet."

Drake hob vorsichtig den Kopf. Der Mann lachte, fuchtelte mit einer handlangen Metallhülse, die an einem Ende kreisrund leuchtete, in den Nachthimmel. Corx wich dem weißen Lichtstrahl schimpfend aus.

Eine Handleuchte. Oder heißt es Taschenlampe? Drake hatte von dieser Apparatur bereits in Aufzeichnungen über die Zukunft gelesen. Die beiden Menschen stellten zumindest keine Gefahr für sie dar.

Der Mann zog die Frau an sich heran. Sie lachte. Und dann küssten sie sich inmitten der Ruine des Akademieinnenhofes.

Drake fühlte sich wie ein Eindringling, dabei war dies doch sein Zuhause. *Quatsch,* korrigierte er sich, *ich gehöre nicht in diese Zeit.*

Langsam kroch er rückwärts von dem Brunnen weg in Richtung einer Gruppe Büsche, während das Pärchen kichernd und küssend umhertaumelte.

„Jetzt trenn dich endlich von diesem Schrottding", verlangte die Frau, als sie ihren Freund in Richtung der alten Eiche schob.

Steve warf etwas weg, was er in der Hand gehalten hatte. Es blieb nahe dem alten Baum liegen. Nun hatte er beide Hände frei. Lustvoll stöhnend prallten Hanna und er gegen den Stumpf der Eiche. „Hanna … uhhh … der Baum … wow … voll hohl."

„Hä … ist das jetzt … wieder … 'ne Metapher?"

„Nein, schau mal, da geht's runter."

Drake musste zusehen, wie das Paar im Baumstumpf verschwand. Er überließ dem Liebespaar die Chance auf ein weiteres romantisches Abenteuer und strich suchend durchs Gras.

Er fand ein unförmiges Stück Metall, grün angelaufen. Aus der einzigen glatten Seite ragte eine breite geschwungene Linie hervor. Drakes Finger klammerten sich um das Metallstück und sein Herz setzte zum Galopp an.

Corx landete auf seiner Schulter und nahm ihm das Aussprechen der Erkenntnis ab. *Interessant. Ein Teil des Rabensiegels. Von der Explosion zerrissen, und dennoch hat es bis in diese Zeit überdauert.*

Drake wendete das Siegelbruchstück hin und her. *Wenn ein Stück existiert, dann gibt es vielleicht auch noch andere. Und wenn ich auch diese finde und wieder zusammenfüge, dann könnte ich mir das Siegel selbst einbrennen und somit echte Zeitreisen unternehmen!*

Viele Wenns, krächzte Corx. *Um jedes Stück zu finden, bedarf es noch zahlreicher Abenteuer ...*

Schreie gellten aus der Baumluke. Drake und Corx sahen sich nur kurz an, dann schwang der Rabe sich in die Luft und Drake hastete zum Baumstumpf.

Er beugte sich in die schwarz gähnende, aber nunmehr stumme Luke. Der zuckende Schein der Taschenlampe sprang auf ihn zu. Panische Schritte und erneute Schreie eilten in seine Richtung. Ein Zischen, als entkorke jemand ein jahrhundertelang versiegeltes Gefäß, erklang. Und Drake roch es. Ein seltsamer Odem, ein Geruch, den er kannte, der ihm zuvor jedoch nicht aufgefallen war, wölkte herauf: der Geruch von von Fäulnis befallener Erde.

Drakes Verstand schrie nach Flucht, doch seine Neugier verlangte, mehr zu sehen. Er wagte sich zwei Sprossen hinab.

Der zuckende Schein der Lampe enthüllte die Gesichter des Liebespaares, von nackter Angst verzerrt. Und hinter ihnen rauschte das Grauen heran.

Die schwarze Gestalt, mehr Wolke als feste Form, besaß weder Arme noch Beine, aber das gewaltige Maul, zahnlos und bodenlos, wurde größer und größer. Die Schreie von Steve und Hanna schraubten sich in entmenschlichte Höhen.

„Schnell!“, war das Einzige, was Drake ihnen, noch immer auf der Leiter, entgegenrufen konnte.

Da stürzte der Mann und sofort kam die schwarze Wolke über ihn. Ein Einatmen, ein gieriges Schlürfen, und Steve kreischte, als sauge ihm jemand Blut, Muskeln und Knochen zugleich heraus.

Drake sprang die Leiter hinab, stürzte auf Hanna zu und ergriff ihre Schulter.

Die Frau schrie dermaßen, dass Drake fürchtete, sein Kopf müsse platzen, riss sich los und stolperte einen Schritt vor ihm zurück. Es reichte, um in den trinkenden Sog der unheiligen Kreatur zu geraten.

Haare ergrauten und fielen aus, Falten durchfurchten Haut und knirschende Knochen traten hervor, als das Alter die junge Frau beugte. Der anschwellende Geruch von Fäulnis ließ Drake würgen.

Nicht nur die beiden Menschen vergingen vor seinen Augen, auch der Gang, sein Gestein und Stützgebälk verloren an Kraft und Struktur, je länger das schwarznebelige Wesen seinen Schlund aufsperrte. Erde rieselte aus der Decke. Steine polterten herab.

Ein Razz'Kalar – blitzte ein klarer Gedanke durch Drakes Gehirn. *Ein Zeitschlinger (29), wie er einst dem Gründer der Akademie begegnet ist!*

„Hilf mir!“, keuchte die alternde Hanna mit ersterbender Stimme. Vergeblich versuchte sie, der schlingenden Wolke zu entkommen. Ihr Freund lag bereits als verschrumpelte Hülle zu ihren Füßen.

Einem Razz'Kalar begegnet man kein zweites Mal, erinnerte sich Drake an die Worte aus dem Lehrbuch von Avegonex und machte kehrt. → **515**

Drake reckte der Frau beide Hände entgegen. → **615**

E3 *Das ändert alles.* Drake lehnte sich gegen die Mauer des Säulenganges, während Corx in den zugewachsenen Fugen der Steinfliesen pickte. Diese dämonische Wesenheit, diese uralte Kreatur musste verantwortlich gewesen sein für den Zusammensturz der Akademie. Einmal entfesselt, hatte der Razz'Kalar nicht nur die Energie aus Stein und Giebel, aus Mensch und Vogel gesaugt und damit der Akademie ein Ende bereitet, er hatte auch den Fluss der Zeit in neue Bahnen gelenkt.

Drake schloss die Augen. Er war nun Teil dieser neuen Zeit. Einer Zeit ohne Akademie, mit ihm als dem letzten Zeitenwächter; zumindest in diesem Jahrhundert. Auch wenn die damaligen Wächter des Zeitflusses ihre Blicke weit in die Zukunft gewandt hatten, sie waren in dem alten Zeitfluss gefangen gewesen – unfähig, nein unmöglich, zu sehen, auf welchen Wegen dieser noch fließen würde. Sogar Rose und Clio, die aus späteren Jahrhunderten als Drake stammten, waren in einer Zeit geboren worden, der kein Unfall mit dem Razz'Kalar vorangegangen war. Die Entfesselung uralter dämonischer Magie, den Zusammenbruch des Ordens, den eigenen Tod – all das hatte es in diesem Flussbett der Zeit nicht gegeben. Und daher hatte die

Akademie in diesem Zeitlauf ihre geheime Existenz weit über das 21. Jahrhundert hinweg bewahren können.

Doch der Zeitschlinger hatte diesen Zeitlauf für immer und unwiderruflich verändert. Die Zeit floss in einem neuen Bett, in dem ihre Zerstörung unvermeidlich war. Und nun war der Razz'Kalar erneut erwacht und drohte ähnlich katastrophales Unheil anzurichten wie damals.

Ein Zeitschlinger ändert alles. Drake brummte der Kopf. *All diese „neuen" Jahrhunderte hat der Razz'Kalar in der Dunkelheit unter dem Innenhof geschlummert. Was hat ihn nun aufgeschreckt?*

Dieses Gezücht spürt, wenn große Magie gewebt wird, mischte sich Corx in seine Gedanken ein.

Aber du sagtest doch, dass in der Elementarmagie meines Steckens oder in Clios Rubin zu wenig Kraft steckt.

Es war nicht dein feuriges Herumgefuchtel, das ihn geweckt hat, gab Corx zurück. *Nein, es war eine ungleich größere, viel ältere Magie.*

Drake verstummte und versuchte, diese schwer lastende Erkenntnis nicht Wirklichkeit werden zu lassen. *Er* war es, der den Zeitschlinger aus seinem jahrhundertelangen Schlaf gerissen hatte. Seine Entscheidung, das *Schattenwandern* zu versuchen, hatte den Razz'Kalar geweckt.

Und nun lauerte eine Kreatur unter dem Innenhof, deren einziger Zweck es war, sich an der Essenz des Lebens zu laben – egal in welcher Zeit.

Drake blickte über die eingestürzten Giebel der Akademie. Im Osten ließ sich der zartlilafarbene Schimmer des Morges erahnen. Zeit und Raum für ein schlechtes Gewissen, wenn man das bei der Schwere seiner Entscheidung überhaupt so nennen konnte, gab es nun nicht mehr.

Die Forscher dieser Zeit werden bald wiederkommen, wandte er sich erneut an Corx. *Und sie werden entdecken, was sich unter dem hohlen Eichenstamm verbirgt.*

Und dann zerbrechen sie sich ihre Köpfe über diese beiden vertrockneten Turteltäubchen.

Drake lächelte. Corx war schon immer anders als die meisten seiner Art gewesen. Ohne seinen Seelenfreund hätte er sich längst von der Zukunft verschluckt gefühlt.

Doch die jüngsten Ereignisse ließen sein Gemüt schnell wieder ergrauen. *Die Forscher werden nicht nur die Leichen finden. Sie werden den Gang durchforsten und direkt ins Maul des Razz'Kalar stolpern. Ich muss das verhindern.*

Corx grub die Krallen in die Erde. *Und wie? Willst du auf ewig hier hocken und den Dämon jedes Mal zurück in die Finsternis treiben, sobald er aus dem Gang kriecht? Die Kraft des Rubins wird sich bald erschöpfen.*

Drake starrte in die Morgenröte. *Ich bin der Letzte, der um die Kraft des Edelsteins weiß. Der die Schwachstelle des Dämons kennt. Wenn ich weiche, ist es um die Menschen dieser Zeit geschehen. Nur ich kann den Zeitschlinger bannen.*

Corx krächzte zornig. *Wie willst du das anstellen?*

Drake zögerte. *Ich muss noch einmal zurück. Es war kein Werwolf im Keller der Akademie, es war der Razz'Kalar.*

Uns bleibt keine andere Wahl. Wenn der Zeitschlinger dort in den Gewölben war, dann heißt das, dass Großmeister Argus, Torlund oder irgendwer gewusst hat, wie man dieser Kreatur Herr wird. Hielt man ihn nicht für lange Zeit unter Kontrolle? Außerdem können wir so auch enthüllen, wie der Zeitschlinger aus dem Kellergewölbe entweichen konnte. Er sah Corx fest in die Augen. *Ich fürchte, Clio spielt bei alldem eine Rolle.*

Corx sah ihn mit schief gelegtem Kopf an. *Für dein Gewissen also?*

Drake erhob sich. *Nein, für die Menschheit.* → F1

F1 Als Drake dieses Mal schattenwandelte, landete er nicht inmitten des lichtdurchfluteten Innenhofs, sondern in von Fackelschein durchzuckter Dunkelheit. Bevor sich die Schemen vor seinen Augen zu festen Formen fügten, erkannte er am Geruch, wo er war: Staub, Ruß und steinkalte Geheimnisse – der Gewölbekeller besaß seinen ganz eigenen Geruch. Corx und er hatten ihr Ziel gefunden.

Drake ließ seinen Schatten sich umsehen. Die Kalkfelsen atmeten den Geist früherer Jahrhunderte. Die Laboratorien und Lagerräume bildeten nur das oberste Stockwerk. Darunter schlossen sich weitere Ebenen an. Kreaturenverliese, Wahrheitszellen und Artefaktarchive – an der Akademie kreisten vielerlei Geschichten über die verbotenen Gewölbeetagen, die meisten waren noch immer unerforscht.

Drake konzentrierte sich. Rechts von ihm befand sich eine Kammer (105), aus der Stimmen drangen. Zu seiner linken Seite konnte er einen weiteren, größeren Raum (205) ausmachen. Außerdem versperrte am Ende des Ganges eine Tür den Durchgang zu einer weiteren Kammer (305).

→ Wähle eine Ortsnummer auf dem folgenden Bild und lies bei dieser Nummer weiter.

205
305
105

G1 Angewidert stolperte Drake zurück in den Innenhof. Er war kein Monsterjäger, kein Exorzist, er wollte nicht gegen dieses bedauernswerte Pärchen kämpfen. *Doch wohin jetzt?*

→ Kombiniere das Zombiepärchen mit der richtigen Ortsnummer im folgenden Bild, um schnellstmöglich zu fliehen.

204
404
104
704
304
604
504
804

G2 Niedergeschlagen und ausgezehrt sank Drake in jenem Teil der Ruine, der in einfacheren Zeiten seine Kammer gewesen war, gegen die Wand. Corx ließ sich auf seinem Schoß nieder und schob die Beine ins Gefieder. Stumm verharrten sie lange Zeit; die beiden Untoten hatten ihnen nicht nur körperlich zugesetzt.

Drake dachte erneut an Rose, an Seth, an Clio, an Meister Argus und all die anderen Menschen, die er einst zu seinen Freunden, seiner Familie gerechnet hatte. Niemand war ihm geblieben. Er war allein.

Nein, du bist bei mir. Drake strich über Corx' Kopf.

Was sollen wir nun tun? Der Vogel ließ sich die Liebkosung sichtlich gefallen.

Drake seufzte. Mit dem Stecken malte er Kreise und Wellen in den lehmigen Boden. Auch in seiner Kammer wirkte alles modrig, tot und freudlos.

Vielleicht endet es hier. Vielleicht war es vorherbestimmt, dass es hier und so enden soll. Drake zertrat die schlammigen Zeichnungen. *Zwei Wiedergänger und ein Zeitschlinger – ich konnte nicht verhindern, was geschehen ist. Weder damals noch heute. Und ich kann nicht verhindern, was nun passieren wird, wenn der Zeitschlinger neue Opfer findet. Ich habe versagt.*

Wortlos ließ der Rabe den Kopf hängen.

Drake nahm ihn hoch, setzte ihn ins Gras und schlich dann zur Fensteröffnung. Noch immer brandete tief unten das Meer gegen die Felsen und der Wind trieb den

Geruch von Algen und Salz bis in die Überreste seiner Kammer.

Drake strich über die moosbedeckten Fugen der Mauersteine. Manches Moospolster war grau und matschig, doch der Tau, der zwischen den haardünnen Kapselstielen hing, glitzerte wie die Tränen unvergänglicher Feen.

Vergangen und ewig. Tod und Leben. Drake fühlte, wie ein Funke der Zuversicht in ihm aufflackerte. Auch wenn Hallen, Flure und Kammern durch den Hunger des Razz'Kalar auseinandergerissen worden waren, auch wenn Gräser und Gehölz durch seinen unheiligen Atem fahl und schlaff im Wind standen und so manches Kaninchen nicht mehr durch den Innenhof sprang – das Gezücht der alten Zeit hatte noch nicht alles Leben in diesen Mauern verzehrt.

Wir schlagen zurück!, beschloss Drake. *Mit denselben Waffen wie der Zeitschlinger.* Corx sah auf. *Wir bannen das Leben. Das dunkle, das „falsche Leben".* Er dachte an das, was er bei seinem zweiten Schattenwandern im Gewölbekeller gesehen hatte. Clio hatte über das Verbannen dieses „falschen Lebens" geschrieben.

Drake deutete auf seinen Stecken mit dem mittlerweile wieder verdunkelten Rubin. *Dieser Edelstein hat den Zeitschlinger schon mehr als einmal zurückgedrängt.* Er zog Clios Notizbuch hervor. *Nun müssen wir nur noch herausfinden, wie wir den Razz'Kalar für alle Zeiten bannen können.* Er schlug das Notizbuch auf und brachte den Rubin in dessen

Nähe. *Also dann, Corx, holen wir Clios getilgte Notizen zurück ins Licht.*

→ Kombiniere die Nummer des Notizbuchs mit den Nummern der Gegenstände, die die verborgenen Notizen sichtbar machen.

G3 Drake starrte auf den letzten Absatz in Clios Notizbuch. Er las ihn erneut, blätterte vor und wieder zurück. Da war keine weitere ihm unbekannte Seite mehr. Er schlug das Buch zu und unterdrückte einen wütenden Schrei. Die Anleitung für einen Bannkreis, die exakten Anweisungen zur Herstellung eines Drudenfußes, mit dem nahezu jede unnatürliche Kreatur auf magische Weise gefesselt werden konnte – Clio hatte diese Anleitung nicht aufgeschrieben, sondern mit ins Grab genommen.

Ungnädiges Schicksal, dreimal verflucht!, wetterte Drake lautlos. *Das Buch war unsere einzige Chance, den Razz'Kalar zu bannen.* Er pfefferte das Notizbuch in die Dunkelheit.

Corx flatterte schimpfend auf. *Hör auf zu jammern und frag Clio doch einfach nach der Anleitung!*

Drake starrte seinen Raben an. *Du meinst …*

Ja, mein Freund, eine allerletzte Wanderung. Zurück in die Schatten der Vergangenheit.

Es wäre die dritte Wanderung, Corx. Nur wenige überleben die dritte Wanderung.

„Nur wenige überleben die Konfrontation mit einem Zeitschlinger, erwiderte der Rabe. *Bist du bereit?*

Drake nickte. Er schloss die Augen und konzentrierte sich, während Corx wieder zu den einzigartigen Flugfiguren ansetzte.

Einen Wimpernschlag später fügte Drakes Schatten sich im sonnendurchfluteten Innenhof zusammen.

Die Eiche stand in voller Pracht, und erst wenige ihrer Blätter waren gefallen. Drake kannte viele der Schüler, die auf den warmen Bänken miteinander plauderten und lesend zwischen den Pfeilern des Säulenganges saßen. Merlin-Bienen und Schwirrlinge tanzten durch die würzig warme Luft, und sogar die Vogelstimmen aus dem Rabenturm klangen an diesem Spätsommerabend wie Gesang. Drake war dankbar, die Akademie noch einmal in solcher Vitalität zu erleben – die Abschlussprüfungen waren weit weg.

Und doch ärgerte er sich. Er hatte sich darauf konzentriert, seinen Schatten direkt in den Gewölbekeller zu lenken, hatte sich Clio bei ihren geheimen Forschungen vorgestellt und dazu sogar ihr Notizbuch in den Händen gehalten. Doch das Schattenwandern war tückisch und gehorchte anderen Gesetzen als herkömmliche Zeitmagie.

Auf direktem Weg rannte er zum Gewölbekeller. Die Tür war, wie befürchtet, verriegelt.

Unruhe bemächtigte sich Drakes. Er hatte keine Zeit, darauf zu warten, dass zufällig jemand kam und den Zugang für seinen Schatten öffnete. Bereits nach wenigen Minuten stachen Tausende winziger Nadeln in seine Haut, und mit dem anschwellenden Schmerz in seinen Gliedern schmolz seine Konzentration schneller, als es bei seinen vorherigen Schattenwanderungen der Fall gewesen war. Doch dann eilte ihm der Zufall, vielleicht endlich auch das gnädige Schicksal, zu Hilfe.

Mit raschen Schritten kam Meister Torlund den Säulengang entlang. Seine Robe bauschte sich im Sommerwind, und Drake sah, dass der Lehrmeister etwas darunter verbarg. Doch er konnte nicht erkennen, was es war.

Drake sprang aus dem Weg. Der Lehrmeister hielt kurz inne und blickte direkt in seine Richtung. Dann schloss er die Tür zum Gewölbekeller auf.

Drake hatte Mühe, hinterherzuhuschen, bevor die Tür krachend ins Schloss fiel.

„Wer immer du bist, Schattenwanderer, du wirst meine Pläne nicht durchkreuzen! Weder in diesem noch einem anderen Jahrhundert.“ Die Worte Torlunds waren leise und zischelnd, während er die Stufen hinabeilte. Drake wusste, dass er aufgeflogen war, doch er blieb dem Lehrmeister auf den Fersen.

Als Torlund durch die Tür zum Labor schlüpfte, musste sich Drake auf den Lehrmeister werfen, um nicht ausgesperrt zu werden. Er konnte den Lehrmeister nicht fühlen. Torlund aber schüttelte sich und brummelte etwas Unverständliches vor sich hin.

„Wir müssen umsichtiger handeln“, begrüßte Meister Torlund seine Schülerin, die im hinteren Teil des Labors arbeitete. „Kein Wort über das, was hier geschieht. Zu niemandem!“ Er sah sich nochmals um, und wieder hatte Drake das Gefühl, dass der Blick des Lehrmeisters ihn durchstach. „Es ist höchste Zeit, Gerüchte zu streuen. Irgendetwas, was die Aufmerksamkeit von unserer Arbeit mit dem Razz'Kalar ablenkt.“ Torlund strich sich über das faltige Kinn. „Diese französischen Werwölfe in Zelle 17 sind erfahrungsgemäß immer für eine Revolte gut. Was meint Ihr, Clio, mögt Ihr vielleicht derlei Geschichten herumerzählen?“

Clio nickte, aber das Unbehagen über Torlunds Vorschlag stand ihr ins Gesicht geschrieben.

Drake positionierte sich hinter einer der Säulen, dort, wo er bei der letzten schattenhaften Zeitreise schon einmal gestanden hatte. Das Labor sah aus wie bei seinem ersten Besuch mehr als einen Monat später. Doch er spürte, dass er zum richtigen Zeitpunkt gekommen war.

„Frisches Knochenmehl!“ Meister Torlund reichte Clio einen Tiegel, den er aus den Tiefen seines Gewandes hervorholte. „Ich will noch in die Bibliothek. Kommt Ihr allein zurecht?“

Clio nickte und nahm den Tiegel an sich. Sie wirkte unsicher.

„Kein Wagemut!“, mahnte Torlund auf der Schwelle zur

Kellertreppe. „Ich spüre, dass Schatten der Zukunft nahe sind." Mit diesen Worten verschwand er.

Drake verharrte bewegungslos und beobachtete Clio. Behutsam öffnete sie den Tiegel und vervollständigte den Bannkreis auf dem Boden sorgfältig mit dem neuen Knochenmehl. Dabei murmelte sie immer wieder jene Verse, die auch Drake bereits in einem Seminar gehört hatte, an die er sich aber schon lang nicht mehr hatte erinnern können.

Nun gab er sich alle Mühe, sich jedes Wort, jede noch so kleine Bewegung und Geste Clios einzuprägen (32).

Unversehens durchzuckte ein Schmerz Drakes Körper, als risse jemand den Arm aus seiner Schulter. Unfähig, die Pein zu unterdrücken, schrie er auf. Sein Arm, obwohl kaum mehr als ein wirbelnder Schatten, hing kraftlos herab *(LP–1)*. Drake stolperte zurück. Für einen kurzen Moment waberte ein armähnlicher Schatten sichtbar in der Luft und zerstob dann. Drake fluchte innerlich. Er hatte die Grenze zwischen Damals und Heute verletzt, als er unbemerkt immer näher an Clio geraten und gegen die Aura des Drudenfußes gestolpert war.

Auch Clio entwich ein heiserer Schrei und sie taumelte rückwärts gegen den Tisch. „Schatten der Zukunft, du *falsches Leben,* was habe ich getan?" Hastig tastete sie nach dem Rubin hinter sich, fand ihn und streckte ihn abwehrend gegen Drakes nun wieder verhüllten Schatten.

Sie fürchtet, ich sei der Zeitschlinger aus der Zukunft, erkannte Drake. Er hielt sich den herabbaumelnden Arm und spürte, wie sein Schattenkörper ohne sein Zutun in Richtung des Edelsteins gezogen wurde. *Nein!*

„Leben schlingender Razz'Kalar", rief Clio, bückte sich und zog rasch die durch Drakes Stolpern verwischte Knochenmehllinie auf dem Boden nach. „Totes wird dich bannen!"

Drake kämpfte gegen den Sog des Rubins an. Sein Kopf hämmerte und der Schmerz in seinem Schattenkörper wucherte bis in die Zukunft. *Lange halte ich das nicht mehr aus (LP–1).*

Soll ich sie warnen?, schrie immer wieder eine Stimme durch den Schmerz. *Ihr noch rasch einen Hinweis geben?*

Nein!, entschied er schließlich. Der Schmerz in seinem Kopf drohte die Verbindung zu seinem verletzten Schatten bald zu unterbrechen. *Nein, keine Warnung, keine Einmischung mehr. Ich habe den Fluss der Zeit genug gestört. Jetzt bleibt ... nur noch ...*

Die Schwärze der Zukunft verbot jeden weiteren Gedanken *(LP–1).* → **G4**

G4 Obgleich ihn nach diesem Schattenwandern kein Untoter drangsalierte und Drake sofort begriff, wo und in welcher Zeit er sich befand, brauchte er lang, um zurück in seinen geschundenen Körper zu finden. Der Arm abwärts der Schulter brannte feuergleich, andere Muskeln reihten sich in den Schmerz ein. Drake fühlte sich, als hätte er einen zu großen Teil seines Körpers auf ewig an die Vergangenheit verloren.

Mit letzter Anstrengung drehte er seinen Kopf in Richtung der aufgehenden Sonne. Mit jedem reißenden Atemzug, mit jedem zuckenden Wimpernschlag wurde das Blasslila der Morgendämmerung zwischen den zerrissenen Steinen der Akademie heller.

Und da vernahm Drake ein vertrautes Krächzen. Es klang nach Gefahr. Er stützte sich auf den unverletzten Arm. Sein Körper wollte liegen bleiben, sein Gewissen aber spornte ihn an, sich dem Unvermeidlichen zu stellen, das zu tun, weshalb er als Einziger die Katastrophe überlebt hatte. *Und ich lasse meinen Seelenfreund nicht mit verfluchten Untoten allein.*

Er schleppte sich zurück in den taunassen Innenhof. Corx hüpfte auf dem Gras umher, ein Flügel war in einem unnatürlichen Winkel abgespreizt. Immer wieder drängten die beiden Untoten auf ihn ein, grapschten und warfen Steine oder totes Holz.

Was habe ich getan? Drake schwor sich, dass er das Schattenwandern niemals mehr versuchen würde.

Im Rücken der Untoten schlich er sich an und schlug seinen Stecken zwischen Steves Beine. Grunzend kippte der Wiedergänger ins Gras. Drake sprang über ihn hinweg, schnappte sich den flügellahmen Vogel und suchte das Weite. Hinter sich hörte er Hanna aufheulen.

Die Nacht hat uns beide arg mitgenommen, krächzte Corx, als sie sich im Schatten der Kapellenruine vor den Untoten verbargen. *Ich hoffe, das letzte Schattenwandern war es wert.*

Das war es. Clio offenbarte mir unabsichtlich, dass nur Totes das schlingende Monstrum bannt.

Corx ließ einen anerkennenden Laut hören. *So weißt du nun, wie man das Knochenmehl verstreut?*

Drake nickte. *Und dann locken wir den Zeitschlinger in den Bannkreis.*

Eine letzte Prüfung, Zeitenwächter. Nur, wie tappt der Razz'Kalar in die Falle?

Drake verzog den Mund zu einem entschlossenen Grinsen. *Wenn in Hanna und Steve noch ein wenig Leben wohnt, wird der Razz'Kalar nicht widerstehen können.* Zuvor aber musste er den Bannkreis gemäß Clios Anleitung zeichnen.

→ Was wird Drake nun machen?

Drake muss den Tiegel (24) in seinen Besitz bringen. → **416**

Drake hat den Tiegel (24) bereits in seinem Besitz. → **516**

G5 Der Razz'Kalar rauschte aus der Dunkelheit und nahm alle Schatten mit sich. Dieses Mal fraß er nicht an Gebälk und Erde, er war allein am Dasein des Zeitenwächters interessiert.

Drakes Steckenfeuer erstarb umgehend, doch er hielt der Kreatur den Rubin entgegen. Das rubinrote Licht leuchtete hell und hielt den Zeitschlinger auf Abstand. Lauernd wie ein wildes Tier drängte der schwarze Schlund immer wieder gegen Drake, doch der heftete seinen Blick fest auf die Kreatur. Langsam wich er zurück, rückwärts die Leiter hoch. → **G7**

G6 Der Razz'Kalar regte sich zwischen Stein und Erde und Schatten, doch er kam nicht hervor. Drake ahnte, dass der Dämon die Macht des Rubins spürte. Nun galt es, vorsichtig zu sein.

„Zeige dich, *falsches Leben!*" Drake schnellte vor und stach seinen flammenden Stab in die Finsternis. Ein Geräusch, als würde der Razz'Kalar all die Luft im Gang auf einmal in sich aufsaugen, ertönte. Das magische Feuer erlosch.

Sofort zog Drake den Stecken zurück. Zu spät. Drei tentakelartige Arme schossen aus dem Dunkel. Einer schlug ihm den Stab aus der Hand, der andere fegte ihn von den Beinen *(LP–1)*. Auf dem Rücken liegend, strampelte Drake in den Rauch, aber da war nichts, was er treffen konnte.

Er sprang wieder auf, stürzte Richtung Ausgang, kam jedoch nicht weit. Der Griff des Razz'Kalar schlang sich um seinen Brustkorb und riss ihn zurück. Der durstige Zeitschlinger trank sich durch Robe und Haut *(LP–1)*. Drake schrie, ging erneut zu Boden und prallte dabei auf den Stecken. Mit einer raschen Bewegung fasste er ihn und hielt das magische Holz sowie den Rubin seinem Feind entgegen. Sofort schwoll das Licht im Edelstein an und der Zeitschlinger ließ von seinem Opfer ab.

Rückwärts taumelte Drake zur Leiter. Der Dämon folgte, wenn auch in gebührendem Abstand. → **G7**

G7 Die Borke des Eichenstumpfes fiel in sich zusammen wie nasses Papier, als der Razz'Kalar aus der Luke stob und zurück in den Innenhof rauschte.

Drake stolperte rückwärts, seinen Blick und den Stecken mit dem Rubin weiterhin fest auf den Zeitschlinger gerichtet. Wo die Kreatur ihren Fuß hinsetzte, schwand das Leben: Das Gras wurde grau, alles Wasser wich aus der Erde und die Blüten des Heidekrauts vergingen innerhalb weniger Augenblicke.

Komm, unheilige Wolke, komm!, befahl Drake in Gedanken.

Hinter sich hörte Drake, wie die beiden Untoten noch immer gegen die magische Barriere anrannten und dabei Haut und Haar, Muskeln und Knochen im blauen Feuer vergingen.

Hoffentlich bewahren sich die Wiedergänger noch einen Rest untoten Lebens, dachte Drake. Sein Plan würde sonst nicht aufgehen. Er versuchte, aus dem Augenwinkel zu sehen, wie es um den Köder bestellt war.

Und trat in ein Kaninchenloch.

Der Razz'Kalar stürzte sich sofort auf ihn. Doch noch

im Fallen brachte Drake den Rubin abwehrend vor seinen Körper.

Der Zeitschlinger flog über ihn hinweg, direkt über die Grenze des Drudenfußes.

Die beiden Wiedergänger sprangen von der in schrillen Pfeiftönen fauchenden Kreatur weg und wühlten sich panisch in die Barriere. Während die brutzelnde Schutzmagie Steves und Hannas Hände, Gesichter und Oberkörper abschälte, saugte der Razz'Kalar ihnen die letzten Lebensfunken durch die aufplatzenden Hinterköpfe.

Drake trat dicht an den Bannkreis. Er richtete den Rubin auf die Stelle in der tobenden Wolke, wo die untote Energie in den Schlund des Razz'Kalar strömte.

Doch kaum hatte der Zeitschlinger sein Mahl beendet – von Hanna und Steve war kein Staubkorn mehr übrig –, wandte er sich wieder Drake zu. Der gefallene Zeitenwächter verharrte und starrte mit bebendem Herzen in die abgrundlose Finsternis.

O Clio, ich hoffe, du behältst recht.

Ein Zittern lief durch den Schatten. Die wallenden Ränder zerfaserten, bauschten sich trotzig auf, nur um erneut in zahllose Fäden zu verwischen.

Drake lächelte grimmig. Der Razz'Kalar hatte zu sehr geschlungen und sich schließlich an seinem letzten, aber entseelten Mahl verschluckt.

Die schwarze Wolke begann zu zerlaufen, die langen

Fäden rannen durch das Brunnengitter. Doch der Dämon kämpfte, erhob sich wieder und wieder, er bildete unzählige Tentakel, die sich knisternd in die bläuliche Bannkuppel des Drudenfußes bohrten.

Bring es zu Ende!, hörte Drake Corx rufen. Sein Seelenfreund torkelte neben ihn.

Ja! Drake rammte den Rubin in die Barriere. Die Macht des Edelsteins verband sich mit der Energie des Drudenfußes und verstärkte knisternd dessen Wirkung.

„Für Rose, für Seth und Clio!", schrie Drake in den Morgen. „Für alle Zeitenwächter und die ganze Menschheit – egal, ob damals, heute oder zukünftig!"

Als die Strahlen der Sonne über den Rand der Rabenturmruine strichen, verging der zeitschlingende Razz'Kalar. Er zerrann in unzählige Tropfen, die durch das Brunnengitter perlten und nichts mehr als den Gestank faulig feuchter Erde zurückließen.

Drake brach vor dem Bannkreis zusammen. Kurz bevor er das Bewusstsein verlor, kam ihm noch der Gedanke, dass vielleicht der eine oder andere Tropfen den Weg zurück in die Nordsee finden würde, jenes Meer unterhalb der Klippen der Akademie, aus dem der Razz'Kalar vor Tausenden von Jahren aufgetaucht war.

Wach auf, Drake, wach auf! Corx' Krächzen holte Drake zurück ins Licht des aufziehenden Morgens.

Sie kommen, sagte der Rabe und zupfte an Drakes Robe. *Wenn du nicht sehr viele Frage beantworten willst, sollten wir schleunigst von hier verschwinden.*

Drake erhob sich wortlos, nahm Corx auf die Hand und verließ die Akademieruine humpelnd in Richtung Süden. Er warf nur einen kurzen Blick zurück, als er vernahm, dass eine kleine Gruppe Menschen in den Innenhof trat.

„Uh, was riecht hier so? Hamish, haste gestern etwa die Kaffeemaschine angelassen?", rief eine Frau mit starkem Akzent.

Drake und Corx zogen sich in die letzten Schatten unterhalb der Rabenturmruine zurück.

„Das muffelt garantiert wieder aus diesem versumpften Brunnen", antwortete ein Mann, der Grabwerkzeug schulterte. „Ich habe schon vor Wochen vorgeschlagen, dass wir dort ... Verdammt! ... Bei uns ist eingebrochen worden!"

Drake musste lächeln. Er nickte Corx stumm zu und kehrte dem Innenhof den Rücken zu. Sollten andere sich mit den letzten Geheimnissen und Rätseln der Akademie abmühen. Für ihn und Corx war es nun an der Zeit, sich anderen Orten zuzuwenden und neue Kapitel zu schreiben. Ihre Geschichte war noch längst nicht zu Ende erzählt.

Drake besitzt LP ≥ 20 und CP ≥ 10 → **H1.**

Drake besitzt LP ≥ 20, aber CP < 10 → **H2.**

Drake besitzt nur LP < 20, aber CP ≥ 10 → **H3.**

Drake besitzt nur LP < 20 und auch nur CP < 10 → **H4.**

H1 „Wir haben das gut gemacht!“, sagte Drake zu seinem Raben, als die Ruine der Akademie bereits hinter den Hügeln verschwunden und das Rauschen des Meeres nur noch eine blasse Erinnerung war. Einen Moment lang dachte er an Seth, Clio, Rose und all die anderen, mit denen es das Schicksal nicht so gut gemeint hatte. Es tat Drake weh, dass er nichts für sie hatte tun können, aber er wusste auch, dass er sich nichts vorzuwerfen hatte. „Unsere Wunden werden heilen, wir haben die richtigen Entscheidungen getroffen.“ Er betrachtete das Bruchstück des Rabensiegels in seiner Hand. „Wohin es wohl die anderen Teile verschlagen hat?“

Du meinst eher, in welcher Zeit sie sind?, krächzte Corx und zwinkerte in die Morgensonne.

„Vielleicht sollten wir diese Insel verlassen und uns in Frankreich zur Zeit der Revolution umsehen. Rom im ersten Jahrhundert soll auch eine Reise wert sein. Oder wir versuchen unser Glück in den Dörfern der Nordmänner.“

Kein Schattenwandern mehr, Drake!

Der Zeitenwächter lächelte. „Diese Entscheidung, mein Freund, liegt in den Händen anderer.“

ENDE

H2 „Wir haben überlebt“, sagte Drake zu Corx, als die Akademieruine bereits hinter den Hügeln verschwunden und das Rauschen des Meeres nur noch eine blasse Erinnerung war. „Doch haben wir richtig gehandelt?"

Der Rabe antwortete nicht und steckte den Kopf in Drakes Armbeuge. Der unvollendete Zeitenwächter ahnte, dass auch Corx mit sich haderte. Sie hatten den Razz'Kalar besiegt, doch der Preis war hoch gewesen. Drake spürte: Er war nicht mehr derselbe, der er vor diesen Ereignissen gewesen war. Sein jugendliches Ungestüm hatte ihn in manche unnötige Gefahr gebracht. Genau solche Fehler hatten auch Clio und Rose und selbst Meister Torlund auf ihre Abwege geführt. Wohin sie ihre weitere Reise auch noch führen würde, künftig wollte Drake seine Wege sorgfältiger wählen und seine Entscheidungen überlegter treffen.

Er zog das Bruchstück des Rabensiegels aus der Tasche. „Wohin es wohl die anderen Teile verschlagen hat?"

Die Frage ist eher, in welcher Zeit sie sind, ließ Corx doch noch von sich hören.

„Ich hätte da schon eine Idee."

Kein Schattenwandern mehr, Drake!

Der Zeitenwächter schaffte es, zu lächeln. Es gab da draußen sicherlich noch mehr Wege, in den Strom der Zeit einzutauchen. „Und vielleicht sind wir nicht die Einzigen, die den Zusammenbruch der Akademie überlebt haben."

ENDE

H3 „Wir können froh sein, dass wir an einem Stück da rausgekommen sind", wandte Drake sich an seinen Raben, als die Akademieruine bereits hinter den Hügeln verschwunden und das Rauschen des Meeres bloß eine blasse Erinnerung war. „Suchen wir uns einen Ort, wo wir all das hinter uns lassen können, damit unsere Wunden Zeit haben, zu heilen." Es waren körperliche Wunden. Jedenfalls hauptsächlich. Auch wenn natürlich der Verlust seiner Freunde, Lehrmeister, ja seines gesamten bisherigen Lebens schwer auf ihm lastete.

Immerhin haben wir uns nichts vorzuwerfen, meldete sich Corx und versuchte, seinen gebrochenen Flügel abzuspreizen. *Du hast stets mutig gehandelt, auch wenn es dich körperlich arg getroffen hat.*

Mit schmerzverzerrtem Gesicht fischte Drake das Bruchstück des Rabensiegels aus seiner Tasche. „Und die anderen Teile? Wo sind sie?"

Du meinst wohl eher, in welcher Zeit sie sind, krächzte Corx und reckte seinen zerrupften Kopf in die Morgensonne.

Drake deutete gen Süden. „Ich hörte, in Frankreich lasse sich gut genesen."

Ich weiß, woran du denkst, Drake: Kein Schattenwandern mehr!

Der Zeitenwächter lächelte. „Der schattenhafte König ist tot, es lebe der König!"

ENDE

H4 „Ach, Corx, war es das wert?", fragte Drake müde und fuhr sich vorsichtig über die blutverkrusteten Lippen. Die Akademieruine lag bereits hinter den Hügeln und das Rauschen des Meeres war kaum mehr als eine blasse Erinnerung. „Haben wir den Lauf der Zeit genügend gelenkt und die Dinge ins Lot gebracht?"

Corx antwortete nicht und steckte den zerrupften Kopf bis zum Hals in Drakes Armbeuge. Der unvollendete Zeitenwächter ahnte, dass bei dem Raben mehr als nur der Flügel verletzt war. Zwar hatten sie den Razz'Kalar gebannt, doch der Preis an Geist und Leben war hoch gewesen. Zu hoch. Drake spürte Scham über das, was sie getan hatten. *Wie* sie es getan hatten. Wohin auch immer sie ihre weitere Reise führen würde, künftig mussten Corx und er ihre Wege und Entscheidungen sorgsamer wählen, wenn sie nicht auf ähnlich finsteren Bahnen enden wollten wie Clio und Meister Torlund.

Drakes Muskeln protestierten, als er das Bruchstück des Rabensiegels aus der Tasche zog. „Wo … wo sind die anderen Teile?"

Oder in welcher Zeit, krächzte Corx matt. *Und bevor du es sagst, Drake: Kein Schattenwandern mehr!*

Der Zeitenwächter bemühte ein Lächeln auf die aufgeplatzten Lippen. „Geschichte, mein Freund, Geschichte wiederholt sich."

ENDE

Zwischen Raum und Zeit
liegt immer auch etwas,
das wir nur mit weitem Blick sehen.
(Großmeister Argus)

101 Niedergebrannte Zedernholzkerzen, zwei geleerte Trinkpokale, das Studienbuch über jenen Aufstand in Frankreich, der erst in mehr als 150 Jahren stattfinden sollte, diverse Messerkerben sowie zwei verbogene und damit leider nutzlose magische Dietriche (Seth hatte sich gestern am Schrankschloss versucht) – dieser Tisch hütete vielerlei Erinnerungen an die vergangenen Jahre. Brauchbares für die Prüfung fand Drake allerdings nicht. Und natürlich würde er wieder derjenige sein, der in ihrer Kammer nach dem Zechgelage aufräumen musste. → A2

102 Auf der hüfthohen Mauer, die den Säulengang gegen den Innenhof abgrenzte, auf halben Weg zum großen Saal, saß Seth, pharaonenhaft stolz an eine der Säulen gelehnt.

„Mein Freund! Bereit, Geschichte zu schreiben?" Seth entblößte seine Zähne. Sie hoben sich strahlend weiß von seiner gebräunten Haut ab. An diesem Morgen wirkte der 20-Jährige – er galt als der am weitesten gereiste Schüler der Akademie – noch gutaussehender als sonst. Kein Wunder, dass Drake immer eine leichte Nervosität überfiel, wenn sie etwas zu dritt, Seth, Rose und er, unternahmen. Seth war jemand, der ungerührt jede Gelegenheit, mit einem weiblichen Wesen zu flirten, beim Schopfe packte.

„Und was hat dich so früh aus den Laken gerissen, alter Mann?" Drake drückte die Brust heraus. „Ein weibliches

Wesen vielleicht? Ich hoffe, du lässt die Damen zumindest heute mal in Ruhe."

Seths Mundwinkel zuckten. Für einen Moment schaute der Ägypter drein, als hätte ihn Drake bei Grabräuberei ertappt. „Alles, was ich tue, ist, Licht ins Dunkel zu bringen." Er grinste erneut.

Drake hob gespielt tadelnd eine Augenbraue. „Apropos Dunkelheit: Hast du von dem Vorfall in den Kellern gehört?"

Seth nickte. „Bei Echnatons Ohren, alle tuscheln davon. Ich weiß, warum ich mich nie darum geschlagen habe, einen Fuß in das Gewölbe zu setzen. Wie lebendig eingemauert, nein, dieser Zeit habe ich den Rücken gekehrt."

„Glaubst du, dass Meister T...?" Drake sah sich verstohlen nach verborgenen Zuhörern um.

„Ob Torlund seine kalten Finger im Spiel hat?" Seth rollte das r im Namen stärker als Drake. Er spreizte die Finger zu einem Abwehrzeichen. „Höre meine Warnung, Freund: Dieser Unheil bringende Nordländer wird uns mit seiner unheiligen Brut noch alle in die Tiefe reißen."

„Clio weiß mehr", fügte Drake leise an. „Auch scheint sie mir heute sehr zerstreut zu sein."

„Clio – bei Horus, das gegenwärtige Zeitalter wiegt noch immer schwer auf ihren Schultern." Seth senkte die Stimme. „Mehr als einmal sah ich sie bei Nacht durch die Flure streichen, das bleiche Näschen in ihren Notizbüchern. Die Prüfungen zerren an ihren Nerven wie die Gehirnhaken ägyptischer Priester."

„Demnach scheinst auch du des Nachts noch unterwegs zu sein, alter Mann", gab Drake lachend zurück.

Seth grinste, doch es wirkte gekünstelt. „So viele Generationen an Zeitenwächtern, so viel Wissen um die Zukunft – aber das Klosett zimmert man meilenweit von den Schlafstätten entfernt und am Ende eines zugigen Ganges."

Drake musste wieder lachen, doch er wurde das Gefühl nicht los, dass Seth mit seiner Geschichte vom nächtlichen Austreten etwas verheimlichte.

„Vielleicht sollten wir uns Clios Sorgen doch mal annehmen."

„Wir sollten gar nichts, Drake. Bedenke, welcher Tag heute ist. Gleich werden wir im Prüfungssaal für Durcheinander sorgen."

„Aye, aber wo du gerade von Durcheinander sprichst, bei uns sieht es aus wie …"

„Oh, vergib mir. Ich verspreche, ich räume unsere Kammer später noch auf." Er entblößte erneut die hellen Zähne, nestelte dabei aber an den Kordeln seiner mit Hieroglyphen versetzten Festtagsrobe.

→ Trägt Drake nicht etwas von Seth bei sich? Kombiniere doch Objekt und Ort.

103 „Zugehört, Winterstone, die erste Frage ist diese." Drake spitzte die Ohren, als Meister Colain zur gleichnamigen Prüfung anhob.

→ Kombiniere die Zahl der jeweils von Drake gewählten Lösung mit der Ortsnummer.

„Wer kriecht am Morgen mühsam auf vier Gliedern, eilt am Mittag beherzt auf zweien, aber trägt am Abend schwer?"

Lösung 1: Der Mensch

Lösung 2: Die Harpyie

„Nun denn, die zweite Frage: Welcher Zeitenwächter vergangener Zeitalter durfte als Einziger zwei Raben zu seinen Seelenfreunden zählen?"

Lösung 3: „Eric, The Crow"

Lösung 4: „Odin"

Lösung 5: „Krâja, die Hexe"

„Die dritte und letzte Frage führt uns zu K'Prie, dem Gründer der Akademie. Was war es, das der erste Zeitenwächter mitbrachte aus seiner versunkenen Heimat?"

Lösung 6: Einen Speer

Lösung 7: Die erbeuteten Zähne einer gewaltigen Katze

Lösung 8: Einen Beutel mit Sand

104 Weder Dach noch Tor und nicht einmal drei Mauerwände waren von dem kleinen Gotteshaus am nordwestlichen Rand des Innenhofs übrig geblieben. Die mannigfaltigen Zeichen der Götter, die die Bewohner der Akademie, egal welchen Glaubens, einst zum Gebet gerufen hatten, hatte man restlos getilgt. Auf der oberen Kante einer Mauer flatterten stattdessen fettverschmierte Papierreste, in die einmal Essbares gewickelt gewesen war. Ein zylindrisches Behältnis aus einem ebenso dünnen wie leichten Metall, zusammengedrückt und mit eigenwilligen Schriftzeichen bemalt, lag daneben. Drake knirschte mit den Zähnen. Irgendwer hatte hier gespeist, ohne Rücksicht auf die heilige Aura des Gotteshauses.

Er sandte ein stummes Gebet gen Himmel, als er in das windige Innere der Kapelle trat. Noch während er darüber nachsann, welcher Gott wohl seine schützende Hand in den letzten Stunden über ihn gehalten hatte, riss der Regenhimmel auf und das Mondlicht ergoss sich über die Traurigkeit dieses Ortes.

So sah er die Stufen zur Krypta. Er hatte das Gewölbe während seiner Ausbildung nur einmal betreten – in einem anderen, weit entfernten Leben. Seth war bei ihm gewesen, und trotz der heiligen Ruhestätte hatten sie angesichts der Steingesichter auf den Wandsärgen Scherze gemacht und beim Anblick der vielen leeren Plätze für zukünftige Verblichene darüber gewitzelt, welchen Platz sie wohl für sich reservieren sollten.

Nun war Drake nicht nach Lachen zumute. Seine Beine gaben nach, als er sich umsah. All die Nischen und Vorsprünge, die damals auf die kommenden Generationen von Zeitenwächtern warteten, waren gefüllt. Nicht mit aufwendig verzierten Sarkophagen, wie es der Tradition der Akademie entsprach, sondern mit den Resten hastig zusammengezimmerter Holzsärge, die offenbar dicht an dicht auf jeglichen freien Platz geschoben worden waren. Sie waren längst zerfallen, und von den Knochen, die einmal in ihnen geruht haben mussten, fehlte jede Spur.

Hier und da konnte Drake Buchstaben auf den alten Holzteilen ausmachen: Namen derer, die hier so überstürzt zur Ruhe gelegt worden waren. Drakes Herz sank mit jedem Namen, den er wiedererkannte, und ihm wurde klar: Diejenigen, die hier begraben worden waren, waren seine Kommilitonen und Lehrmeister gewesen.

Am liebsten wäre er wieder ins Freie gerannt, aber Drake musste Gewissheit haben. Vorsichtig durchsuchte er weiter die Holztrümmer, bis er das fand, was er gesucht hatte, von dem er aber gleichzeitig gehofft hatte, es nicht zu finden: ein Stück, auf dem Roses Name eingeritzt war.

Wut und Trauer in ihm wichen einer grenzenlosen Leere. Rose – die rätselhafte, wechselhafte Rose, die sein Herz so entflammt hatte, war tot und zu Staub zerfallen!

Drakes Knie wurden weich. Raus hier, er wollte nur raus! Taumelnd stieß er gegen einen der riesigen steinernen Sarkophage, in denen seinerzeit die verdientesten Zeitenwächter beigesetzt worden waren. Ohne Vorwarnung gab eine der Seitenplatten des uralten Steinungetüms nach, und klappernd fielen Drake bleiche Knochen entgegen. Viele Knochen. Zu viele für einen einzelnen Menschen. Die letzte Ruhestätte dieser Persönlichkeit war zu einem Massengrab geworden!

Dann erspähte Drake etwas, bei dem ihm plötzlich eiskalt wurde. *Bei allen sieben Sphären!* Drakes Herz drohte aus seiner Brust zu platzen. Dort, inmitten der zahllosen Überreste, trug ein Skelett die Fetzen einer Bekleidung, die ihm bekannt war. Einst war es eine festliche Robe gewesen – verziert mit Hieroglyphen. Es war die Robe, die Seth getragen hatte, als Drake ihn an diesem Morgen gesehen hatte. An diesem Morgen – und doch vor Jahrhunderten …

Keine Bandagen, keine Grabbeigaben. Drake machte es traurig, dass der Altägypter in einem so weit entfernten und fremden Jahrtausend hatte sterben müssen. Viele von Seths Knochen sahen aus, als hätten winzige Nadeln sie durchlöchert. *Ein Zeichen natürlicher Verwesung oder die Folge jener Explosion, die alles Leben im Oktagon ausgelöscht hatte?* Er wollte sich bereits abwenden, als er unter dem traurigen Haufen aus Knochen und Stoffresten doch noch etwas fand, was ihm erneut eine Gänsehaut über den

Rücken jagte: ein in blassblaues Hirschleder gebundenes Büchlein (23).

Clios Notizbuch! Warum bloß hatte Seth es an sich genommen? War es ein Streich gewesen? Ein Versuch, sich Clio anzunähern? Drake wusste, dass er es wohl nie erfahren würde. Aber warum immer es auch geschehen sein mochte: Das Buch war hier. Und der Zahn der Zeit hatte ihm nichts angetan.

Es muss magisch sein, ging es Drake durch den Kopf. Er schlug es auf. Zwei von Seths Dietrichen fielen ihm aus dem Einband entgegen (22), doch die Leuchtkraft seines Steckens war zu schwach, um zu erkennen, was in dem Buch geschrieben stand.

Ich brauche mehr Licht, dachte er. *Ich sollte zu der Lampe im Hof zurückgehen.* Er steckte das Buch und die beiden Dietriche ein, warf noch einen letzten traurigen Blick auf die Überreste all derer, die er kannte, dann stieg er wieder hinauf in den Hof. → D2

105 Aus dem kleinen Lagerraum, der sich direkt neben der Treppe zu den unteren Etagen der Kreaturenverliese befand, drang aufgeregtes Getuschel.

Obwohl Drake die Stimmen zunächst nicht verstand, verriet ein markanter Duft, wer sich hinter der nur halb zugezogenen Tür aufhielt.

Während er seinen Zeitschatten näher gleiten ließ, fraß

sich ein immer stärker werdender heißer Schmerz zwischen seine Rippen. Unhörbar glitt er näher. Die zwei Gestalten drückten sich in die Lücke zwischen den Weinregalen wie Kinder beim Versteckspiel.

„Du musst leiser sein", mahnte Seth und versuchte, das wohlige Stöhnen seines Gegenübers durch weitere Küsse zu unterdrücken.

„Niemand wird uns hören", raunte Rose zurück und ließ ihre Hände über Stellen von Seths Körper gleiten, die ihn zu wilden Bewegungen verlockten.

Fassungslos starrte Drake auf das Spiel jener Menschen, die er in der Zeit vor dem Untergang als die ihm liebsten bezeichnet hatte. *Warum?*, war alles, was er denken konnte. Dann wallte Wut in ihm auf. „Nein!", schrie er.

Sofort hob Seth den Kopf. „Hast du das gehört?"

„Du meinst dein schlechtes Gewissen?" Rose lachte, wie sie immer lachte, wenn sie sich einer Sache mehr als gewiss war. Sie zog Seths Mund erneut an ihren Hals. „Mach dir wegen Drake keine Gedanken. Zwischen ihm und mir ist nichts – und wenn ich wollte, dass da was wäre, könnte ich ihn jederzeit um den Finger wickeln."

Du falsche Schlange, dachte Drake – und nur mit Mühe hatte er sich daran hindern können, es laut hinauszuschreien. Einen kurzen Moment lang fühlte er Befriedigung, als er daran dachte, was Rose erwartete. *Wenn du wüsstest, was dein Schicksal ist.*

Erschrocken wies er sich zurecht. Rose war seine Leidenschaft nicht wert gewesen – aber das hieß nicht, dass sie oder irgendjemand sonst den Tod verdient hätte. *Konzentriere dich auf das Ziel der Reise,* dachte er. *Den Zeitschlinger.*

„Müssen wir über Drake reden?", meldete Seth sich aus den Tiefen von Roses roter Mähne zurück. „Ich fürchte, wenn wir auch nur seinen Namen denken, kommt er uns nach all den Wochen doch noch auf die Schliche."

„Drake hat anderes im Sinn", fuhr Rose ungerührt fort. „Sieh dir nur mal an, wie er ständig dem alten Argus hinterherhechelt. Er glaubt, er könne bei ihm durch sein hündisches Verhalten punkten. Dabei gibt es effizientere Methoden, um die Abschlussprüfung zu bestehen."

Seth hielt inne. „Ach ja? Verbirgst du jetzt auch noch etwas vor mir?"

Eifersucht flammte erneut in Drake auf, als Rose sich ihre roten Strähnen aufreizend hinter das Ohr strich. „Seth ibn Arkam, wüsstest du alles von mir, wärst du meiner schnell überdrüssig."

Seth wollte etwas erwidern, aber Rose legte ihm zwei Finger auf die Lippen, so wie sie es auch bei Drake oft getan hatte. „Tu mir einen Gefallen und schnapp dir zwei dieser Flaschen." Sie schob Seth zu einem der gut bestückten Regale. „400 Jahre alte Weine aus einem schweizerischen Kloster bei Lavaux, die werden unseren lieben

Drake in den nächsten Tagen gewiss auf andere Gedanken bringen."

„Man kann nie früh genug mit dem Lernen anfangen", erwiderte Seth lachend. „Und was hast du vor, meine Blume?"

Drake knirschte mit den Zähnen. Das wollte er auch gern wissen.

„Ich habe noch eine weitere Verabredung."

Kaum war Seth wie ein treuer Diener, zwei Flaschen unter die Arme geklemmt, aus dem Gewölbe getrottet, wandte sich Rose der großen Kellertür zu, in deren steinernen Sturz ein Kelch und eine Schlange eingemeißelt waren, die Symbole für ein Laboratorium.

Drake folgte ihr. Dabei war er einerseits enttäuscht über den Betrug seiner Freunde, andererseits ärgerte er sich, dass er es nicht schon viel früher durchschaut hatte.

„Miss O'Callaghan", knurrte Meister Torlund, als er die Tür zum Labor einen Spaltbreit geöffnet hatte. „Ich kann mich nicht entsinnen, Euch die Erlaubnis erteilt zu haben, hier unten ..."

„Meister Torlund, verzeiht die Unterbrechung Eurer Forschungen", flötete Rose. Sie sah über den oberen Rand ihrer Brille und neigte dabei den Kopf so, dass ihre Haare den schneeweißen Nacken freigaben.

Meister Torlunds wässrige Augen blitzen auf. „Was wollt ihr?"

Rose spielte an den Schnüren, die ihr grünes Oberteil nur mühsam zusammenhielten. Drake musste sich beherrschen, nicht erneut aufzuschreien. „So kurz vor den Abschlussprüfungen habt Ihr sicherlich eine Menge zu tun. Und da dachte ich mir“, Rose trat einen Schritt auf den Lehrmeister zu, der daraufhin überrascht zurückwich und die Tür zum Labor weiter aufzog, „da dachte ich mir, vielleicht könnte ich Euch mit meinen bescheidenen Fähigkeiten … nun, etwas zur Hand gehen.“ Rose trat in das Labor, aber Torlund schien sich zu besinnen und baute sich vor ihr auf.

„Miss O’Callaghan, Eure *Fähigkeiten* sind mir wohlbekannt. Jedoch benötige ich niemanden der mir, wie Ihr es ausdrückt, *zur Hand geht*.“

Drake huschte hinter den beiden ins Labor. Nie zuvor war er hier gewesen. In Torlunds heilige Hallen vorzudringen galt als noch unmöglicher, als die geheimen Akademiearchive mit ihren Artefakten aus fernen und vergangenen Jahrhunderten zu betreten. Umso mehr wurmte es ihn, dass Rose mit ihren Reizen so weit gekommen war.

Doch der hagere Nordmann fiel nicht auf die Rothaarige herein. Meister Torlund stand Rose derart im Weg, dass es ihr unmöglich war, in den hinteren Laborteil, abgetrennt durch zwei Vorhänge zwischen den Säulen, zu spähen. Drake schlich um Rose und den Lehrmeister herum.

Die schweren Stoffbahnen wirkten auf den ersten Blick sorgsam zugezogen, doch zwischen dem hinteren Vorhang und der Säule gab es einen Spalt, durch den Drakes Schatten in den rückwärtigen Laborteil schauen konnte: Vor einem deckenhohen Regal stand Clio. Mit zittrigen Fingern hantierte sie an einer unterarmgroßen Hülse, die von geheimen Zeichen übersät war.

Was Drakes schattenhaftes Zeitreise-Ich hier erblickte, erschütterte ihn so sehr, dass er Mühe hatte, die Verbindung zur Vergangenheit zu halten. Aus dem nicht vollständig verschlossenen Banngefäß strömte schwarzer Nebel. *Der Zeitschlinger – mein Gefühl hat mich nicht getäuscht. O Clio!*

Drake versuchte, seinen Blickwinkel zu ändern, weil Clio ihm bei ihren Bemühungen stets den Rücken zudrehte. Ihm fiel auf, dass seine Mitschülerin inmitten eines fahlgelben Pulvers stand, das den Boden bedeckte. Diese Verunreinigung in dem ansonsten pingelig sauberen Labor machte Drake misstrauisch. Nochmals veränderte er seine Position und – da! – für einen Moment erhaschte er den Blick auf das, was hinter Clio auf dem Labortisch ruhte: der rot pulsierende Edelstein.

„Meister Torlund, ich brauche erneut Eure Hilfe“, rief Clio mit unterdrückter Stimme und mühte sich weiterhin an der Bannhülse.

Mit erneutem Schaudern sah Drake, wie sich der schwarze Rauch zu Krallen formte, die an der Außenhaut der Bannhülse rissen, als kämpfe der Razz'Kalar mit aller Macht gegen die magischen Fesseln.

„Ihr solltet nun gehen, Miss O'Callaghan. Wenn ich Eurer Dienste bedarf, so werde ich nach Euch schicken", hörte Drake Meister Torlund weiter hinten sagen.

Drake musste sich dicht an die Wand drücken, damit der Lehrmeister nicht gegen ihn stieß, als dieser zu Clio ging. Dabei bemerkte er, dass hinter dem Regal noch ein Vorhang hing. Und dieser Vorhang bewegte sich, als spiele ein Windhauch mit ihm.

Ein geheimer Tunnel, schloss Drake und versuchte, den aufsteigenden Schwindel zu ignorieren. Er wandte sich wieder Clio und Meister Torlund zu.

„Keine Patzer mehr", tadelte der Lehrmeister die Schülerin. „Und um weitere Schnüffler zu vergraulen, sollten wir nun wirklich das Gerücht über die Werwölfe in Umlauf bringen. Wer weiß, wie lange unsere Forschung ansonsten noch geheim bleibt."

Clio nickte. „Natürlich, Meister! So, ich … ich glaube … die Hülse ist nun fest verschlossen."

„Glaube allein ist bei einem Razz'Kalar mitunter tödlich.

Ich sehe, dass Ihr mit Euren Gedanken bereits bei den Abschlussprüfungen weilt. Vielleicht ist es ratsam, weitere Experimente auf die Zeit danach zu verschieben." Er senkte die Stimme zu einem Zischeln. „Überdies solltet Ihr Eure Aufzeichnungen tunlichst verschlüsseln." Torlund wollte Clio die Bannhülse abnehmen, als er erneut unterbrochen wurde.

„Und wieso darf *sie* hier sein?"

Roses Stimme ließ alle Anwesenden zusammenzucken. Auch Drake hatte nicht bemerkt, dass seine verräterische Freundin zurück ins Labor geschlichen war.

„Hinaus!", brüllte Meister Torlund, donnerte die Hülse mit dem Zeitschlinger wenig zimperlich auf den Tisch und deutete mit dem Finger energisch zur Tür. „In meinem Laboratorium bestimme ich, wer ..."

Drake spürte, wie seine Konzentration immer stärker nachließ. Der Blick in die Vergangenheit verdunkelte sich und mit jedem Herzschlag fiel ihm das Atmen schwerer. *Halte durch,* spornte er sich an. Schemenhaft nahm er wahr, wie der Lehrmeister weiterhin auf die renitente Schülerin einredete.

Clio warf der noch immer leicht qualmenden Bannhülse einen skeptischen Blick zu und wischte sich die Hände an ihrer Robe ab. Dann schob sie den Rubin ein Stück in Richtung der Hülse und schlug ihr Notizbuch auf. Rasch schrieb sie einige Zeilen.

Drake kämpfte, um etwas sehen zu können. Seine Kehle fühlte sich wie eingeschnürt an, seine Energie war fast aufgebraucht und Corx' heimholende Rufe drangen immer lauter durch den Schleier der Zeit.

Wieso mühe ich mich hier noch ab?, fragte er sich. Er besaß das Notizbuch bereits, er musste lediglich die Passagen, die

Clio mit dem Rubin verschlüsselt hatte, wieder lesbar machen.

Sein kraftloser Schatten waberte planlos in Richtung des Regals, das den Geheimgang verbarg. Bevor die Schwärze Drake vollends umfing, sah er noch, wie Clio mit dem Rubin über die beschriebenen Seiten des Notizbuches fuhr und wie sich daraufhin die Schrift von den Seiten löste und in den Edelstein drang *(LP–2).*

Atmen!, war Drakes einziger Wunsch, als sich graue Schlieren in die Schwärze vor seinen Augen schoben. Sein Röcheln nach Luft paarte sich mit zunehmend ärgerlicheren Rabenrufen. *Ich bin zurück von der Schattenwanderung.* Aber wo bin ich?

Corx schrie weiterhin, und außerdem musste Drake feststellen, dass er nicht nur sein eigenes Röcheln hörte ...

Im roten Licht des pulsierenden Rubins beugte sich ein hohlwangiges Antlitz über ihn. Dessen leere Augen und der herabhängende, aber immer noch dümmlich grinsende Kiefer näherten sich Drake. Er erkannte das entstellte, vom Razz'Kalar in einen halben Totenschädel verwandelte Gesicht sofort wieder.

Der Gang unter dem Gras ... aber mein Schattenwandern ... woanders begonnen ... wie bin ich nun hierher ...? Zu mehr Gedanken war sein nach Luft bettelndes Hirn nicht in der Lage.

Drake versuchte aufzustehen, doch die rauen Finger

des Untoten schraubten sich um seinen Hals. Die dunkle Magie des Zeitschlingers hatte aus Steve einen blutgierigen Wiedergänger gemacht.

Panisch tastete Drake umher, fand aber weder seinen Feuerstecken noch eine andere Waffe, die er gegen den Untoten einsetzen konnte. Schwächer und schwächer wurde sein Atem, und jede Bewegung unter dem Würgegriff von Ex-Steve kostete Kraft *(LP–1)*.

Corx!, rief er seinen Raben zu Hilfe.

Beschäftigt, gab dieser zurück.

Drake gelang es, den Kopf zu drehen. Unterhalb der Leiter hackte Corx auf einen weiteren Untoten ein. Auch Hanna hatte der Zeitschlinger übel mitgespielt. Ihre Haut war kaum mehr als löchriges Pergament und an vielen Stellen blitzten Muskeln und Knochen durch.

Fantastisch, ein Wiedergängerpaar (31), dachte Drake, *als hätte ich keine anderen Sorgen.* Dann sah er, dass seine Waffe unter der Leiter lag.

Corx, ich brauche meinen Stecken.

Sofort ließ der Rabe von der Untoten ab. Doch statt sich den Stecken zu krallen, flatterte er in Steves Gesicht. Der Scheintote riss einen Arm hoch, um den Schnabel abzuwehren, und gab Drakes Hals frei.

Dieser Moment für einen tiefen Atemzug genügte. Drake rammte seine Hand gegen Steves Ellbogen. Der Knochen knickte wie eine Bambussprosse. Drake katapultierte sich vom Boden hoch und trat den überrumpelten Untoten gegen die Tunnelwand. Dann huschte er an der klapprigen Hanna vorbei und stolperte die Leiter hoch. Corx' Flügel schlugen gegen seinen Hinterkopf, als der Rabe ihn überholte. Jaulend grapschten die beiden Untoten nach seinen Beinen.

Zurück im Dämmerlicht schlug Drake die Luke zu, aber da war Hannas Arm schon dazwischen. Drake überlegte, auf die Luke zu springen. Er überlegte zu lang. Steve bugsierte sich an seiner Freundin vorbei, den hängenden Kiefer mit der herumschlingernden Zunge gierig in Drakes Richtung gereckt. Von Eifersucht oder abnormem Hunger gepackt, warf sich Hanna ihrem Gefährten in die Bahn und krallte ihre Finger in dessen Mund. Es gab ein grausam schmatzendes Geräusch, und einen Moment später sah Drake entsetzt, wie Hanna Steves blutige Zunge aus seinem Mund riss. → G1

111 Als Drake seinen Finger auf die erste Buchstabenwalze legte, bereute er, dass der Wein des letzten Abends so manche Erinnerung getrübt hatte. *Wie war noch gleich der richtige Code?* Er hatte ihn sich doch extra aufgeschrieben. An einem ziemlich ungewöhnlichen Ort ... → A2

112 Drake bahnte sich einen Weg vorbei an den Knien und ausgestreckten Beinen seiner Mitschüler. Viele murrten, weil sie sich in den engen Reihen verbiegen oder gar aufstehen mussten. *Ja, ich bin spät, regt euch nicht auf.*

Doch je näher er dem Platz von Rose und Henry und Seth kam, desto unbehaglicher fühlte er sich. Henry und Seth waren ins Gespräch vertieft, aber als Rose ihm einen Blick zuwarf, einen viel zu kurzen Blick, spürte er den Stachel des Zweifels. Er hielt inne. *Was war das? Bin ich etwa unerwünscht!?* (CP–1)

Ein Raunen ging durch den großen Saal und Drake sah, dass sich Großmeister Argus von seinem Platz zwischen den Lehrmeistern erhob. Drake machte auf halbem Weg kehrt und setzte sich auf den Platz zwischen der Römerin Juliana und Clio. → **C2**

113 Fragend sah Drake zu Meisterin Mandragorae. Ihr Gesicht verriet nicht, ob er die richtige Reihenfolge gewählt hatte. Er setzte das Probengefäß an die Lippen und trank. Das Gebräu hinterließ ein kaltes Gefühl auf seiner Zunge, das sich bis zu seinem Magen fortpflanzte. Er schloss die Augen und schmeckte nach. Doch bevor er die Süße des Tranks vollends begriff, explodierte ein Licht in seinem Kopf, und als er die Augen öffnete, leuchtete alles um ihn herum in hellen, bunten Farben. Dann begannen sich das Rot, das Gelb und Grün und Blau wie ein Kaleidoskop zu drehen. Drake stützte die Hände auf die Knie. Einige der zuschauenden Schüler begannen zu klatschen. Und endlich nickte die Lehrmeisterin. Drake atmete auf. Er hatte richtig gemischt *(CP+1).* → **C3**

114 *Vermutlich um 1000 n. Chr. erbaut und damit ca. 200 Jahre früher als die übrige Anlage der Vogelburg, gab die Nutzung des Bergfrieds als Vorläufer eines Aviariums (= großflächiges und begehbares Vogelhaus) der hochmittelalterlichen Anlage den Namen. Ob die Vogelzburg, wie sie in alten Schriften auch genannt wurde, einem strategischen Zweck diente oder als Repräsentationsort genutzt wurde, ist noch nicht endgültig erforscht. Seit ihrer Zerstörung um das Jahr 1620 war die Vogelzburg immer wieder Ziel von Schatzjägern und Grabräubern. Bauern aus den umgebenden Ländereien transportierten mitunter tonnenschwere Steine für private Bauprojekte ab. Seit dem Jahr 2018 steht die Burg unter dem Schutz des National Trust. Eine archäologische Erforschung der unterirdischen Katakomben ist in nächster Zeit geplant.*

Drake lächelte. Viel Falsches stand in diesem Text und dennoch hatte er ihm Wichtiges verraten: „400 Jahre, ich bin weit in die Zukunft gereist. Und die Gewölbe sind noch immer unerforscht." → **212**

115 Drake schlug das Decodierungsbuch zu und widerstand nur mühsam dem Drang, es in die Ecke zu pfeffern. Meisterin Neeta schüttelte missbilligend den Kopf. *Möhren, Zwiebeln, Lauch, was zur Hölle bedeutete das?* Immerhin war er bis zur dritten Zeile gekommen, obgleich er die Reihenfolge der Schriftzeichen völlig falsch ermittelt hatte – und sie daher überhaupt keinen Sinn ergaben. Das Flammenmenetekel in seiner Gesamtheit hatte nicht zu ihm gesprochen. Dadurch würde ihm die Geschichte der Akademie weiterhin ein Rätsel bleiben (*CP–1*). → **C3**

116 Drake nickte in Roses und Seths Richtung, aber die waren ins Gespräch vertieft. Einen freien Platz sah er noch weiter unten neben der Römerin Juliana, die im letzten Semester ihre Zwillingsschwester im Kampf gegen eine Horde Säurespeier verloren hatte. Seitdem gingen unter den Schülern Gerüchte um, dass auch Juliana das Todesmal anhafte, weshalb sie von den meisten gemieden wurde. Neben Juliana saß Clio. → **C2**

201 „Ach, Rose." Jedes Mal, wenn Drake das Gemälde über seinem Bett anschmachtete, wurde ihm warm ums Herz. Der talentierte Meister Thomasius hatte die Schönheit der jungen Frau perfekt in Öl gebannt; die moderne Brille, die neckischen roten Locken. Sogar der Rabe auf Roses Schulter wirkte, als könne er jeden Moment aus dem Bild flattern. Drake grinste. Dieses Bild hatte es wahrlich in sich. Denn hier hatten Seth und er die Kombination für die Hausapotheke versteckt.

→ Wenn du die Hausapotheke (11) schon gefunden hast, kombiniere sie mit dieser Ortsnummer. Hast du sie noch nicht gefunden, begib dich weiter bei **A2** auf die Suche danach und kombiniere sie dann mit dieser Ortsnummer.

202 Gleich einem dunklen Wächter, dem die Zeit unzählige Wunden zugefügt hatte, ragte der Rabenturm über dem Innenhof auf. Im Gegensatz zu den restlichen Akademiegebäuden, die sich für uneingeweihte Augen allesamt auf magische Weise hinter der verzauberten Fassade eines neugotischen Herrenhauses verbargen, hatten die vielen Generationen an Zeitenwächtern den Rabenturm nie ausbessern lassen. So boten unzählige Risse und Löcher den Vögeln reichlich Platz zum Nisten sowie zum Ein- und Ausfliegen.

Drake mochte den Turm nicht. Bereits auf der maroden Außentreppe trat er in die Hinterlassenschaften der zahlreichen Raben. Ihr krächzendes Konzert war ohrenbetäubend – auch die Vögel spürten, dass etwas Außergewöhnliches vorging.

Drake war nun weit genug in den windigen Turm vorgedrungen. Schon wollte er Corx mit der Kraft seiner Gedanken eine Nachricht senden (für gewöhnlich hörte der Rabe sofort auf den lautlosen Ruf seines Seelenfreundes) – da ließ ihn der unerwartete Anblick eines roten Schopfes, halb verborgen hinter den frei stehenden Resten einer kotübersäten Treppe, innehalten.

Rose?! Drake huschte in Richtung des Treppenabsatzes. Viele Raben drehten die schwarzblauen Köpfe in seine Richtung.

„Vielleicht sollte ich es nochmals wagen, Arxx.“ Rose

sprach zu ihrem Raben mit gesenkter, Drake sehr wohl bekannter Stimme. „Was *sie* sich herausnimmt, davor schreckt Rose O'Callaghan nicht zurück."

Drake gab sich Rose zu erkennen. → **312**

Er entschied, Rose weiterhin zu belauschen. → **412**

203 Drakes Blick huschte über die Menge an unzähligen Flaschen und Phiolen, die auf einem Tisch an der Wand positioniert waren. Diese Lichttränke dienten eher dekorativen Zwecken. Es wurde ausdrücklich gewünscht, dass die Schüler ihre eigenen Tränke in diesem Prüfungsteil verwendeten.

Drake klappte seine Hausapotheke auf und unter den strengen Augen von Meisterin Mandragorae entrollte er die Anweisungen zur *Prüfung der Zunge*.

Im Licht wohnt Kraft, doch erst, wenn das Licht bricht, entsteht der Schönheit wahrer Kern. Zeige uns, in welcher Farbe die größte Kraft liegt und in welcher die geringste. Gib jeweils einen Tropfen jeder Essenz aus deinen Lichttränken in der korrekten Reihenfolge in das Probengefäß (beginne mit dem Lichtton der schwächsten Kraft).

Drakes Mund wurde trocken, als er die kryptische Anweisung las. Und doch spürte er einen kurzen Anflug von Erleichterung.

„Obwohl rotes Licht wärmer erscheint, wohnt in ihm eindeutig die schwächste Kraft", murmelte Drake und gab nacheinander je einen

Tropfen seiner Tränke in das Probengefäß: Rot / Gelb / Grün / Blau / Violett. → **113**

„Wiedergänger scheuen das kalte violette Licht der Morgendämmerung", murmelte Drake. „Und in der Kälte liegt nur wenig Kraft." Er gab nacheinander je einen Tropfen seiner Tränke in das Probengefäß: Violett / Blau / Grün / Gelb / Rot. → **213**

204 Der Wind spielte eine schaurige Melodie, als Drake in das kletterte, was vor langer Zeit der Rabenturm gewesen war. Die oberen Stockwerke waren eingestürzt und die Menschen dieser Zeit hatten in die größten der zahlreichen Fensteröffnungen metallene Streben und Gitter gerammt. *Soll dieses Eisen die traurige Hülle zusammenhalten oder neugieriges Erklimmen stören?* Auch hinter dem Eingang, dort, wo früher die Treppe gewesen war, die er vor wenigen Stunden noch benutzt hatte, versperrte ein hüfthoher Zaun den Zugang. Daran war eine mit weißen Schriftzeichen beschriebene Tafel montiert.

„Was die Menschen dieser Zeit wohl über die Akademie wissen?" Aufmerksam las Drake die Zeilen. → **114**

Drake schmerzte noch immer der Kopf. Er überflog den Text nur. → **214**

205 Hinter einem durch schwere Tücher teils abgehängten Regal entdeckte Drake ein großes Ölgemälde. Er kannte es. Einst hatte es in einem Flur des Westflügels gehangen, auf dem Weg zum Oktagon musste man stets daran vorbei. Warum man es in den Gewölbekeller verbannt hatte, wusste Drake nicht.

Das Gemälde zeigte K'Prie, den Wanderer, den Mann mit den schwarzen Augen, den ersten Zeitenwächter. Er blickte von einem Hügel über die englische Landschaft. Der Legende nach war K'Prie der Gründer des „Hauses des schwindenden Steins", wie die Akademie in früheren Jahrtausenden geheißen hatte. Das Gemälde zeigte auch die Anfänge dieses Gemäuers, nicht mehr als ein, zwei jungsteinzeitliche Hütten inmitten eines Rings aus behauenen Steinblöcken. Drake wusste, dass diese Megalithen Teil der Grundmauern der Akademie waren. Die Spitze eines der mächtigen Steine, übersät mit druidischen Runen, römischen Inschriften und weitaus älteren Schriftzeichen, konnte man in den Tiefen des Gewölbes bestaunen; zumindest gab es davon Zeichnungen in den Lehrbüchern.

Der restliche Gewölbekeller war mit Fässern, Säcken und wurmstichigen Truhen bis unter die Decke vollgestellt. Eine Flagge mit drei waagerechten Streifen, Blau-Weiß-Rot, hing von einem Mast, achtlos in eine Kellerecke gelehnt. Drake kannte diese Flagge, doch er wusste auch, dass es sie zu Beginn des 17. Jahrhunderts, in das er soeben wieder zurückgereist war, noch nicht geben durfte. Erst 160 Jahre später würde mit der Trikolore, der französischen Flagge der Revolution, eine einschneidende neue Epoche der Menschheitsgeschichte beginnen – begleitet von den wachsamen Augen eines Zeitenwächters.

Drake entdeckte weitere Artefakte, die aus dieser Zeit stammten. Sie alle erinnerten ihn schmerzlich daran, dass er der letzte Zeitenwächter war. Doch wohin ihn sein Weg auch noch führen würde, er musste zunächst dieses Abenteuer zu einem guten Ende bringen. Zu gern hätte Drake seinen Schatten noch länger in diesem Raum herumstöbern lassen, aber er spürte, wie ihm die Lebenskraft schwand (*LP–1*). → **F1**

211 *Ich habe die Tränke erst vorige Woche aufgefüllt, es wird schon alles vollständig sein.* Außerdem war es jedes Mal ein Wagnis, die Hausapotheke zu öffnen. Denn gab man den falschen Code ein, wurde es schmerzhaft. → **A2**

212 Er spürte den Windhauch, bevor er das Krächzen hörte. In einem weiten Kreis flog ein Rabe herab.

Ich habe dich vermisst, begrüßte er seinen Seelenfreund Corx (20) gewohnt in Gedanken. Er war dankbar, dass der Sturz in diese Zeit ihm die telepathische Fähigkeit nicht geraubt hatte.

Du hast lang auf dich warten lassen. Corx stieß seine befiederte Stirn gegen Drakes Wange. *Bist du schwer verletzt?*

Ich lebe. Und du auch. Sag, gibt es noch andere?

Corx legte den Kopf schief. *Nein, ich fürchte, sonst hat es niemand in diese Zeit geschafft.*

400 Jahre, Corx. Wenn wirklich alle tot sind, warum leben wir dann noch?

‚Bleib im Licht.‘ Der alte Meister hat gewusst, dass es die Akademie hart treffen wird.

Drake schloss für einen Moment die Augen. Er konnte die Schreie der Sterbenden noch immer hören, wie er auch das Bersten seines Zuhauses noch immer spürte. *Aber wodurch, Corx? Da war ein Schatten. Was war das?*

Corx schüttelte sein Gefieder. Viele Federn standen in einem ungesunden Winkel ab.

Ich habe eine Vermutung, gestand Drake und wandte der Rabenturmruine den Rücken zu. *Doch ich muss mehr herausfinden.* → **D2**

213 Fragend sah Drake zu Meisterin Mandragorae. Ihr Gesicht verriet nicht, ob er die richtige Reihenfolge gewählt hatte. Er setzte das Probengefäß an die Lippen und trank. Das Gebräu hinterließ ein warmes Gefühl auf seiner Zunge, das sich bis zu seinem Magen fortpflanzte. Er schloss die Augen und schmeckte nach. Das Bittere des Tranks ließ ihn würgen. Ihm war, als verknote sich sein Gedärm. Er fiel auf die Knie und der Saal um ihn herum begann sich zu drehen. Und während einige der zuschauenden Schüler zu murren begannen, übergab Drake sich in den bereitgestellten Eimer.

„Enttäuschend, Mister Winterstone!“, hörte er Meisterin Mandragorae ächzen.

Drake wischte sich den Mund ab und wagte einen Blick in die spiegelnde Oberfläche des Eimers. Sein Gesicht sah aus, als hätte er ein hutzeliges Kräuterweib geküsst. Das war eindeutig die falsche Mischreihenfolge gewesen (*LP–1, CP–1*). → C3

214 Drake senkte den Kopf und lehnte seine noch immer schmerzende Stirn gegen das kalte Schild. *Vogelzburg, Zerstörung in der frühen Stuartzeit, Grabräuber* – er wusste nicht, ob er lachen oder weinen sollte. Zu viel Falsches stand in diesem Text und dennoch hatte er ihm Wichtiges verraten: „400 Jahre also, so weit bin ich in die Zukunft gefallen. Und die Gewölbe scheinen noch immer unerforscht zu sein." → 212

215 Drake trug Meisterin Neeta die Zeilen vor. Noch bevor die Lehrmeisterin die korrekte Übersetzung bestätigte, löste das Menetekel auf der Wandvertäfelung Stimmen in Drakes Kopf aus. Sie erzählten von den Gründerjahren der Akademie, als vor über 6000 Jahren K'Prie in das jungsteinzeitliche England eingewandert war, vertrieben von der großen Flut, die seine Heimat nach der Attacke des Zeitschlingers überrollt hatte. Nachdem er ihn besiegt hatte, gründete K'Prie nahe der neuen Küste einen geheimen Orden, eine Bruderschaft der Wissenden, die sich fortan mit der Wahrung der richtigen Abfolge der Zeit beschäftigte. Viele Zeitenwächter waren auf K'Prie gefolgt. Sie alle hatten in Kriegen und Regierungsgründungen ihre Finger im Spiel gehabt, hatten so manchen Mythos um Fabelwesen gestreut oder entzaubert und immer wieder Gegenstände, die durch Zeitrisse in falsche Epochen geraten waren, zurück in den richtigen Arm des Zeitflusses gebracht *(CP+1)*. → C3

216 Bevor Drake zu Boden stürzte, fühlte er plötzlich Clios Rubin in seiner Tasche. *Vielleicht ist das meine Rettung,* dachte er, und mit der Entschlossenheit des Verzweifelten holte er den leuchtenden Stein hervor. → E3

301 Drake schlang die Arme um die kalten Schultern. Er sollte sich noch etwas Standesgemäßes anziehen. Sein Blick streifte den Kleiderberg auf der Kommode aus dem 17. Jahrhundert. Der Unordnung nach zu urteilen, hatte Seth seine Prüfungsutensilien bereits zusammengesucht; in der für ihn typischen Eile und Sorglosigkeit. Zwischen Seths offiziellen Roben und Alltagshemden fand Drake auch einige seiner eigenen Gewandungen. Immerhin war sein schusseliger Freund dieses Mal nicht wieder in ein fremdes Kleidungsstück geschlüpft.

Nachdem er sich angekleidet hatte, betrachtete er sein Abbild in dem kleinen Spiegel über dem Waschbecken.

„Und hier kommt Mr Winterstone!" Drake strich sich die mit Silberfäden durchwebte Brokatrobe glatt. Er hoffte, dass die Magie der Metallfäden auch an diesem Tag manch Ungemach von ihm fernhielt und dass dies nicht die letzten Kleider waren, die er trug, bevor man ihn in ein Leichentuch wickelte. Er wischte sich die braunen Locken aus der Stirn und rümpfte die ausgeprägte Nase. Auch wenn er wusste, dass es attraktivere Männer als ihn gab, fand er, dass er in der weinroten Kapuzenrobe *(CP+2)* eine passable Erscheinung abgab.

Sein Blick fiel zurück auf den zerwühlten Kleiderberg und das, was er soeben freigelegt hatte.

„Ach, Seth, so werden wir die *Prüfung der Zunge* allerdings verpatzen.“ Drake fischte die Holzschatulle unter den Kleidungsstücken hervor (11). Alle Kammergenossen der Akademie teilten sich eine „Hausapotheke“ mit dem Grundvorrat der üblichen Tränke. Vier Walzen mit Buchstaben sicherten die kostbaren und nicht ungefährlichen Elixiere vor unliebsamem Zugriff. Doch die Codewalzen wirkten unangetastet. Seth interessierte sich wenig für Alchemie, er nannte es immer „neumodisches Gemenge“. Drake beschlich eine leichte Unruhe. „Soll ich nachschauen, ob alle Tränke für die Prüfung vorhanden sind?“

Er sah nach. → **111**

Er vertraute auf seine Erinnerung. → **211**

302 Noch einmal musterte Drake die eisenbeschlagene Tür, die im westlichen Teil des Säulenganges den Weg in die steinernen Eingeweide der Akademie versperrte. Verbarrikadiert oder gar auf magische Weise versiegelt erschien sie ihm allerdings nicht.

Betont beiläufig schlenderte er auf die Tür zu. Im Gegensatz zum klaustrophobischen Seth konnte er immerhin an einer Hand abzählen, wie oft er im Verlauf der Ausbildung im labyrinthischen Gewölbekeller gewesen war. Beim letzten Aufenthalt, zum Fest des Winteranfangs letztes Jahr, hatte er sich beim Anblick der noch nicht ausgewachsenen Ogerspinnen, einer äußerst angriffslustigen Art der Achtbeiner, in einer der Kerkerzellen fast ... nein, er mochte nicht mehr daran denken.

Dennoch, ein kurzer Blick zumindest die sich windende Treppe hinunter. Zwar verspürte er keine Lust, einem hungrigen Werwolf zu begegnen, allerdings war die Tageszeit denkbar ungünstig für diese mondaffinen Kreaturen. Aber was auch immer dort unten vorgefallen war, Drake beschlich das Gefühl, dass es ihn in irgendeiner Weise betraf.

Er sah sich verstohlen um. Ständig schielte irgendwer in Richtung der Tür. Er musste wohl warten, bis sich die Aufregung gelegt und sich die Aufmerksamkeit wieder anderen Dingen zugewandt hatte. → B2

303 Meisterin Neeta strich bei der *Prüfung der Augen* mit ihrem Birkenholzstecken über die Holzvertäfelung, und schon taten sich fünf flammende Zeilen darauf auf, die Drake nun entziffern sollte. Er bemerkte mit Sorge, dass es sich um ein ägyptisches Menetekel handelte. Hieroglyphen hatte Drake beim Lernen nur halbherzig bedacht. Er war stets davon ausgegangen, dass er in der *Prüfung der Augen* Sanskrit oder im schlimmsten Fall Maya-Schriftzeichen entziffern müsse. Niedergeschlagen blätterte er in seinem Decodierungsbuch auf die Seite mit den Hieroglyphen. *Du schaffst das!,* hörte er Corx in seinen Gedanken krächzen.

Falls dies Drakes erste Prüfung ist oder er bei einer früheren Prüfung LP verloren hat, fehlt ihm hier die Konzentration. → **115**

Falls Drake bei einem vorherigen Prüfungsteil erfolgreich war und CP erhalten hat, durchströmt ihn auch bei diesem Rätsel Zuversicht. → **215**

304 Der weiße, mannshohe Kasten hockte wie ein riesiger Blutegel inmitten der Ödnis des Innenhofes. Das Material seiner glatten und kühlen Außenhaut war Drake unbekannt, aber das leise Trommeln des Regens verriet, dass das Innere des Kastens hohl sein musste.

Er umrundete ihn. Der Boden zu beiden Seiten des Kastens war aufgegraben worden. Seile spannten sich über Gräben und sorgsam abgesteckten Erdbecken. *Ist dies etwa die Kammer von Grabräubern?* Er stieß auf ein kleines Fenster. In der Dunkelheit hinter dem Glas, das so rein war, wie Drake noch kein Fensterglas gesehen hatte, zeichneten sich Tische und Schränke aus einem ähnlichen Material wie die Wände ab. Und es gab eine Tür. Mit einem Vorhängeschloss. → **D2**

305 Kelch und Schlange – anhand der Zeichen über dem Türsturz schloss Drake, dass dahinter eines von Meister Torlunds Laboratorien lag. Hier ging es für ihn aber nicht weiter. Sein Schatten konnte die Tür am Ende des Ganges weder berühren noch geistergleich hindurchwandeln. Doch Drake musste sich beeilen. Die Schattenreise fraß an seiner Lebenskraft *(LP–1)*. → F1

311 „Ich bin mal so nett und nehme Seths Stecken mit." Drake hoffte, diese Luftikuswaffe würde die fremde Berührung verzeihen (CP+1). → A2

312 „Was kauerst du hier im Vogelkot, mein Lieber?" Drake erhob sich hinter dem Treppenabsatz und stolzierte auf Rose zu. Ihr war anzusehen, dass sie sich ertappt fühlte.

„Sieh an, sieh an, wer endlich auch auf den Beinen ist." Rose schüttelte sich die roten Locken aus dem bebrillten Gesicht und setzte jenes Lächeln auf, das Drakes Schritte sofort unsicher werden ließ. „Der Ägypter hat mir bereits erzählt, dass ihr gestern viel zu lang … wie sagst du immer? … dem Wein zugesprochen habt." Sie strich ihrem Raben über den Schnabel, als wollte sie ihm die Worte verbieten.

Roses Worte versetzten Drake einen Stich. Mit Seth hatte sie schon geredet, aber mit ihm nicht? Er überlegte, sie darauf anzusprechen, wechselte dann aber lieber das Thema. „Sag, wovor schreckt eine O'Callaghan nicht zurück? Ein herumstreunender Werwolf scheint dich jedenfalls nicht zu ängstigen."

„Du hast mich belauscht?" Ein Funkeln huschte durch Roses Blick, dann setzte sie rasch jenes Lächeln auf, dem Drake sich nie entziehen konnte. „Heimliches Zuhören ... Das finde ich ... irgendwie erregend", hauchte sie und strich sanft mit zwei Fingern über Drakes Lippen. „Jetzt schnapp' dir Corx, mein Lieber, wir sehen uns im Oktagon. Der große Saal wird heute toben, wenn wir unsere Prüfung ablegen."

Verwirrt sah Drake ihr hinterher, als sie den Turm auf dessen Rückfront über eine Leiter verließ.

Noch eine Studentin mehr, der dieser Tag mehr zusetzt, als sie zugeben mag, hörte er die Stimme von Corx (20) in seinen Gedanken, dann landete der treue Rabe auf seiner Schulter. → B2

313 Drake ging den Kampf langsam und konzentriert an. Wann immer eine der Ogerspinnen vorschnellte, sprang er zurück. Bei zwei von drei Attacken genügte dies, um die Kreaturen mit dem entflammten Stecken auf Abstand zu halten. Doch die Spinnentiere lernten schnell und Drake war immer häufiger gezwungen, die Mundwerkzeuge zu parieren.

Soweit es der Kampf zuließ, schielte Drake zu seinen Mitstreitern. Seth und Henry hatten sich seinen bedächtigen

Stil zum Vorbild genommen und gemeinsam einen Gegner die Enge getrieben. Rose umtanzte ihre Spinne, als wäre sie kein ernst zu nehmender Feind. Ihr Kampfstil brachte ihr von den Zuschauern bewundernde Rufe ein. Einzig Clio wurde nicht bedrängt. Sie hatte sich aus der Kampfzone entfernt und kramte in ihrer Tasche.

Drake irritierte das, und für einen Moment war er unaufmerksam. Die Mundwerkzeuge der Spinne gruben sich in sein Fleisch. Die Muskeln schrien auf, als hätten sie Feuer gefangen. Drake trat nach der Kreatur und traf ihre grünborstige, aber weiche Flanke. Zischend ließ die Angreiferin von ihm ab.

Und wandte sich Clio zu.

Drake wollte seiner Mitschülerin eine Warnung zurufen, doch Clio war in ihrer Tasche fündig geworden. Sie hielt ein faustgroßes Juwel in der Hand. Der Rubin pulsierte, und als Clio ihn auf das Ende ihres Steckens setzte und sich der Edelstein dort mit der Erdmagie verband, flammte er gleißend rot auf.

Drake musste lachen, als ihm klar wurde, was da geschah. Ein Raunen lief durch die Zuschauer. Überraschte Stimmen erhoben sich unter den Lehrmeistern. Meister Torlund war höchst erbost. Großmeister Argus hob jedoch nur die Hand und heftete seine Augen abwartend auf das, was nun folgte.

Die heranpreschende Spinne prallte zurück, als wäre sie

gegen eine unsichtbare Wand gelaufen. Mit umgedrehtem, weit von sich gestrecktem Stecken schritt Clio auf die Kreatur zu. Zuckend wich die Ogerspinne zurück, krümmte die Gliedmaßen, und ihr Panzer knackte. Ein grünes Sekret suppte aus dem aufplatzenden Spinnenleib.

Drake reagierte sofort und sprang hinter Clio. Seine aggressive achtbeinige Gegnerin folgte ihm, doch sobald auch sie in den Bannstrahl des Rubins geriet, erging es ihr schlecht.

„Ist das erlaubt?“, hörte Drake Rose fragen, doch ihr Ruf ging im Tumult unter.

„Lass sie“, mischte sich Drake ein und zog Rose zu sich hinter Clios Bannschild.

Seth und Henry applaudierten und verpassten dem auseinandergerissenen und grünnassen Leib ihrer Spinne noch einen letzten Tritt.

Die Ogerspinne, mit der Rose getanzt hatte, wirkte cleverer als ihre Artgenossen. Sie wich der verderbenden Aura des Rubins aus und verzog sich zurück in den Gang, aus dem sie gekommen war. Bevor sich die Luke in der Wand auf ein Zeichen von Meister Torlund wieder schloss, jubelten die Zuschauer. Diese Prüfung galt trotz Clios unerwarteten Hilfsmittels als bestanden *(LP–1, CP+1)*. → **C3**

315 Drakes Finger schossen vor, tauchten zwischen Staubflocken und schnappten nach dem kleinen Gegenstand.

Bevor die Spinne merkte, was Drake ihr entwendet hatte, steckte der Akademiering (10) bereits an seinem Finger. → **A2**

316 Da spürte er den Wind von Flügeln. Corx flatterte in den Gang, in seinen Krallen einen taubeneigroßen Stein. Drake hatte keine Zeit für Fragen. Mit verbrannten Fingern schnappte er sich den leuchtenden Rubin (21). Wo immer Corx den Stein auch gefunden hatte, Drake reckte ihn dem Zeitschlinger entgegen (CP–1). → **E3**

401 „Verschlossen, natürlich!" Drake hatte immer bemängelt, dass Kammergenossen nur einen Schlüssel zugeteilt bekamen. Seth war vernarrt in Schlösser und die Kunst, sie zu öffnen – auch gegen den Willen ihrer Besitzer. Er war demnach auch in der Lage, ohne den offiziellen Schlüssel in ihre Kammer oder an den Inhalt ihres Schrankes zu gelangen.

„Ich sollte ihn suchen. Vermutlich schleppt Seth den Schlüssel nur wieder in der Tasche herum und weiß gar nichts davon."

Drake rüttelte erneut an den Griffen. Ohne das kostbare Decodierungsbuch, das er im Schrank aufbewahrte, konnte er die *Prüfung des Auges* nicht meistern.

Sein Blick fiel auf einen Schatten, der sich oben auf dem Schrank abzeichnete. Dort lagerte für gewöhnlich jenes

Werkzeug, das Drake schon oft Brandblasen zugefügt, ihn aber auch vor so manchem Klauenhieb oder Biss bewahrt hatte.

Er langte auf den Schrank. Aber nicht nur sein armlanger Feuerstecken (14), auch Seths Luftstecken (17) lag dort. Drake griff nach seiner Waffe, dem Feuerstecken. Das rötliche Holz der besonderen Ulmenart strahlte Wärme aus. Der Stecken glich mehr einem hölzernen Degen als den knorrigen Prügeln jener Wanderzauberer, die auf Wochenmärkten peinliche Vorstellungen darboten. Drakes Blick blieb an Seths Erlenstecken hängen. Das leicht gebogene Holz wies Spuren vieler Auseinandersetzungen auf. Sein aus einem längst vergangenen Jahrtausend stammender Freund konnte gut austeilen. *Soll ich ihm den Stecken hinterhertragen?*

Ja. → **311**

Nein. → **411**

402 Diejenigen, die es gar nicht abwarten konnten, drängelten sich bereits vor dem Zugang zum großen Saal, dem Herzstück der Akademie der Zeitenwächter. Hausmeister Merris, über den man munkelte, dass er sich schon um den Laden gekümmert hatte, als Argus noch in seiner Athener Wiege lag, ließ mit steinerner Miene nur diejenigen eintreten, die alle ihre Utensilien für die Prüfungen vorweisen konnten.

Drake mochte den griesgrämigen Hausmeister nicht

sonderlich. Er wollte lieber zweimal überlegen, ob er alle fünf Prüfungsutensilien beisammenhatte, bevor er Merris unter die trüben Augen trat.

Wenn du folgende Objekte besitzt: Akademiering, Decodierungsbuch, Hausapotheke, Feuerstecken, Rabe Corx → Selbstsicher drängte Drake sich nach vorn. → **512**

Wenn dir noch eines oder mehrere der folgenden Objekte fehlen: Akademiering, Hausapotheke, Decodierungsbuch, Rabe Corx, Feuerstecken → Bestimmt hatte er etwas vergessen, aber der alte Merris würde heute sicherlich ein Auge zudrücken. → **612**

403 Die *Prüfung der Hand* fand im Ostteil des großen Saals in einem durch einen Vorhang abgetrennten Raum statt. Die rostbraunen Flecken auf dem Boden dieser angegliederten Arena erzählten von den blutigen Prüfungen voriger Jahrgänge.

Sie waren zu fünft: Drake, Seth, Henry, Clio und Rose. Drake blickte Seth an, doch der schielte zu Rose, die sich mit ihrem Wasserstecken kampfbereit aufstellte. Er rieb die Zähne aufeinander. Rose war eine passable Kämpferin, auch wenn die elementare Macht des Wassers kurzfristig wenig Schaden erzeugte. Drake sorgte sich mehr um Clio, die neben ihm stand und mit schwitzenden Händen mit ihrem Erdstecken hantierte, als sei er ein Zeigestock und keine ernst zu nehmende Waffe. Seth und Henry würden ihr jedoch mit Luft und Licht zur Seite stehen. Und doch betete er, dass die Lehrmeister für die *Prüfung der Hand* keine schuppenbeleibten Sirenen ausgesucht hatten.

Was sich auf Meister Torlunds Wink aus einem geheimen Zugang hinter der Wandvertäfelung nun aber krabbelnd näherte, war schlimmer als männerfressende Wasserfeen.

Drake fühlte, wie seine Knie nachgeben wollten und ihm der Stecken fast aus den Fingern glitt. Ogerspinnen – *warum mussten es immer Spinnen sein?*

Drei ausgewachsene, truhengroße Spinnen trippelten auf Drake und die anderen Schüler zu. Die Mundwerkzeuge der Arachniden, lang wie Essgeschirr, klickten gierig. Drake bemerkte, dass bei einigen Zuschauern, die sich an den Rand der Arena gestellt hatten, sowohl Jubelrufe als auch Schreie ertönten.

Konzentriere dich!, ermahnte er sich und brachte seinen Stecken in Position.

„Große Isis, steh uns bei!", schnaubte Seth und packte seinen Luftstecken fester. „Drake, kein Zaudern, schlag schnell und hart zu!"

Vorsichtig, jeden Schlag gezielt setzend, führte Drake seine Attacken gegen die Ogerspinnen aus. → **313**

Wie von Sinnen drosch Drake auf die Ogerspinnen ein. → **413**

404 Er ging in den südlichen Teil des Innenhofes, vorbei an einer grasnarbigen Stelle, an der ein trauriger Sockelrest an die Statue des Akademiegründers erinnerte, und zurück zu jener Erhöhung, die von den Überresten des Oktagons geschaffen worden war. Der von Mauerwerk gespickte und mit grauen Grasbüscheln bewachsene Hügel war von zahlreichen Kaninchenlöchern durchsiebt. Dahinter schien noch immer das seltsame Licht dieser Lampe, das so grell war, dass man sogar die verblassteren Bücher der Akademiebibliothek darin hätte studieren können. Oder Clios Notizbuch in Ruhe lesen, wenn man es denn hatte. *Der ehemaligen Akademiebibliothek,* dachte Drake bitter. Er entflammte seinen Feuerstecken und leuchtete in eines der Löcher. Ein verendetes Kaninchen steckte zur Hälfte darin, als habe es noch im Tod versucht, zurück in seinen Bau zu kriechen. Schon auf den ersten Blick fielen Drake die eigenartig verdrehten Hinterläufe auf. Er zog den Kadaver hervor. Das Tier war noch nicht lang tot, denn es wies keine Spuren von Maden auf. Doch Schnauze und Hinterläufe wirkten, als seien sie wie durch starke Hitze geschmolzen.

„Welch finstere Magie war hier am Werk, dass sie selbst nach so langer Zeit noch durch die Erde dringt und Pflanzen und Tiere quält?"

Drake wollte die deformierte Kreatur zurück in ihren Bau schieben, als er im Dunkel des Ganges ein rotes Funkeln bemerkte. „Ich hoffe, dein Grab ist spinnenfrei", murmelte er, legte das tote Tier ab und schob seinen Arm bis zur Schulter in das Kaninchenloch.

„Bei Kleopatras Schönheit, dich kenne ich doch!"

Der taubeneigroße Rubin leuchtete von innen heraus. Rasch verbarg ihn Drake in den Taschen seiner Robe (21).

→ Kannst du hier etwas kombinieren? Vielleicht etwas, das du schon gefunden hast und das du nur im hellerem Licht erkennen kannst?

411 „Der alte Ägypter soll ihn sich gefälligst selbst holen." Drake wollte Seth nicht auch noch dessen Sachen hinterhertragen. Zudem mochten die Stäbe es nicht, wenn jemand anders als ihr Besitzer sie berührte. → **A2**

412 Neugierig schlich Drake näher. Roses Stimme klang, als heckte sie etwas aus. Er hoffte, dass die unbändige Irin nicht wieder in Schwierigkeiten mit der Akademieleitung geraten war. Eine Romanze mit der spanischen Köchin, diverse Betrügereien im Unterricht – Rose setzte sich gern über die Regeln in der Rabenakademie hinweg.

„Dieser stinkende Lehrmeister lässt sich nur allzu leicht den Kopf verdrehen." Rose stieß einen verächtlichen Laut aus. Ihr Rabe Arxx pflichtete ihr krächzend bei. „Ich werde nochmals zu Torlund hinuntergehen. Wenn sich die Aufregung über diesen dubiosen Werwolfvorfall gelegt hat. Und ich endlich diese nervige Prüfung bestanden habe. Clio ist nicht die Einzige, die weiß, was Männer wollen." Sie kicherte in sich hinein. „Vielleicht brauche ich den Charismatrank von Drake und Seth gar nicht."

Als sich Rose anschickte, den Turm über die vordere Treppe zu verlassen, kauerte sich Drake tiefer in eine der verdreckten Nistnischen. Kaum war die Irin verschwunden, rief er in Gedanken nach Corx. Der schöne Vogel kam sofort angeflogen (20).

Ich habe alles mit angehört, nahm Drake die Worte des Raben in seinen Gedanken wahr.

Sie heckt etwas aus, antwortete Drake auf dieselbe stumme Art.

Rose ist wie ein Flammengeist. Ihr Feuer wird dich eines Tages noch verzehren. Corx flatterte auf Drakes Schulter und pickte sanft in seinen Nacken. *Konzentriere dich auf das, was vor dir liegt. Oder willst du wie sie das Abschlussjahr noch einmal wiederholen?* → **B2**

413 Drake rief das Feuer, und sein Stecken entflammte. Mit einem Schrei sprang er ohne großes Nachdenken vor und drosch mit seinem Elementarstab auf die vorderste Ogerspinne ein. Sofort versengte das magische Feuer den borstigen Panzer. Doch trotz der schwelenden Wunde ging die Spinne zum Angriff über. Drake parierte die zuschnappenden Mundwerkzeuge und so troff das Spinnengift nur an seinem Stecken herab und brannte sich in die Steinplatten der Arena.

Soweit es der Kampf zuließ, schielte Drake zu seinen Mitstreitern. Auch Seth und Henry kämpften so aggressiv wie

Drake. Sie schlugen mit voller Härte und, einem gnädigen Schicksal folgend, zu zweit auf einen Gegner ein, doch die Spinne war zäh. Zweimal schrie Seth auf, als das Gift in sein Leben schnitt. Derweil umtanzte Rose ihre Gegnerin mit einem Lächeln auf den Lippen. Ihr Kampfstil erntete vereinzelte Rufe der Bewunderung vonseiten der Zuschauer. Einzig Clio wurde nicht bedrängt. Ihre Umhängetasche vor die Brust gepresst, den Stecken nutzlos zu ihren Füßen, stand sie abwartend am Rand der Kampfarena.

„Clio, du musst kämpfen!", rief Drake der Mitschülerin zu und wandte seine Aufmerksamkeit für einen Moment von seiner Ogerspinne ab.

Die Strafe für diesen Leichtsinn folgte umgehend. Die Mundwerkzeuge der Spinne gruben sich in seinen Unterschenkel und pumpten brennendes Gift in die Muskeln. Drake schrie auf und rammte der widerlichen Angreiferin den Feuerstecken in den haarigen Kopf. Zischend und grünes Blut verspritzend brach die Spinne zusammen, wobei der Stecken aus einem ihrer Augen ragte.

Als Drake wieder aufsah, hatte Clio ihre Tasche fallen lassen, hielt jedoch etwas anderes in der Hand. Drake konnte es sich nicht erklären, aber der faustgroße Rubin kam ihm irgendwie bekannt vor.

Clio warf einen zweifelnden Blick zurück zu den zuschauenden Lehrmeistern, dann steckte sie den Edelstein auf das Ende ihres Elementarstabes. Das Juwel verband sich mit der Erdmagie und flammte gleißend rot auf. Ein Raunen lief durch die Zuschauer.

Mit umgedrehtem, weit von sich gestrecktem Stecken schritt Clio auf die Ogerspinne zu, die weiterhin nach Roses Füßen schnappte. Zuckend wich die Kreatur vor Clio und dem Juwel zurück. Unter den Zuschauern brach Jubel aus. Er überdeckte vereinzelte missbilligende Pfiffe.

„Was tust du da?", rief Drake Clio zu und stieg über den Kadaver seiner getöteten Spinne. Er war sich keinesfalls sicher, ob in diesem Prüfungsteil neben den Elementarstecken auch andere magische Hilfsmittel erlaubt waren.

Henry, Seth und Rose ließen ihre Stecken ebenfalls sinken und starrten abwechselnd ihre Mitschülerin und die Lehrmeister an.

Viele von ihnen waren aufgesprungen und protestierten, wobei Drake zwischen all den Wortfetzen ebenso zustimmende Rufe vernahm. Und auch Großmeister Argus schien von der unerwarteten Wendung der Prüfung eher angetan als verärgert.

„Großartig, Clio!" Drakes Ruf zog alle Augen auf die Ogerspinne, die Clio mittels der bannenden Macht des Rubins in den Gang drängte, aus dem sie gekommen war.

Dadurch bemerkte niemand die Bedrohung, die sich außerhalb ihres Blickfelds aufbaute. Erst ein erstickter Schmerzensschrei machte allen klar, dass sie sich eine furchtbare Blöße gegeben hatten: Die verbliebende Ogerspinne hatte sich in Henrys Kehle verbissen. Der Student brach blutend zusammen, die Spinne noch am Hals.

Das ist meine Schuld, schoss es Drake durch den Kopf. *Ich habe alle abgelenkt!*

Die Zuschauer schrien auf. Rose ließ ihren Stecken fallen, Clio drehte sich mit seltsam leerem Gesichtsausdruck um. Drake sprang auf Henry zu. Seth stand regungslos daneben und hielt sich die eigene Bisswunde.

„Stoß sie mit einem Luftschlag fort!“, brüllte Drake.

Doch Seth starrte nur auf den pumpenden roten Schwall, der mit jedem von Henrys Herzschlägen an Kraft verlor.

Drake stieß mit seinem Stecken zu, und wieder versengte das Feuer den Spinnenleib. Doch die Ogerspinne ließ nicht von dem sterbenden Henry ab.

Erst Clios Rubin besiegte die Kreatur. Die Spinne schrumpelte knackend in sich zusammen, als sauge der Rubin ihr die Lebenssäfte aus, so wie sie es auch bei Henry getan hatte.

Als das Licht in den Augen der letzten Ogerspinne erloschen war, senkte sich Stille über das Oktagon. Die *Prüfung der Hände* war bestanden, aber zu welchem Preis? Drake starrte auf Henrys leblosen Körper.

„Ihr habt diese Prüfung vollendet“, verkündete Meister Torlund mit steinerner Miene. „Begebt euch zu eurer nächsten Aufgabe.“ *(LP–1, CP–1).* → **C3**

415 Widerstrebend und langsam schob er seine Hand in die Dunkelheit. Zwischen dem Kitzeln und dem Schmerz lagen nur zwei Wimpernschläge. Drake zuckte zurück. „Verfluchtes Vieh!" Er rieb sich die rasch schwellende Bissstelle (15) (*LP–1*). → **A2**

416 Wie schon so oft in den letzten Stunden sah Drake sich mit schmerzenden Gliedern im Innenhof der zerstörten Akademie um. Hatte er wirklich jeden Ort genau abgesucht?

Ich Narr, schimpfte er mit sich selbst und lief dann, ohne dass es die beiden Untoten bemerkten, zu der merkwürdigen weißen Behausung.

Hanna und Steve waren hier eingedrungen. Hatte das untote Pärchen gehofft, hier auf frisches Menschenfleisch zu stoßen? Etwas Essbares war ihnen versagt geblieben, aber auf ihrer Suche hatten sie einen der kleinen Schränke und eine Kiste der Grabräuber umgestoßen. Mehrere noch mit Erde, Gras und Lehm befleckte Gegenstände waren herausgerollt. Drake erkannte den Steintiegel (24) sofort wieder. Es war eines jener Gefäße, wie sie bei alchemistischen Arbeiten in der Akademie oft verwendet worden waren. Dieser Tiegel war jedoch versiegelt und anscheinend hatte kein Forscher bislang gewagt, die Schutzvorrichtung aus Wachs zu zerbrechen.

„Keine Zeit für Geheimnisse." Kurzerhand erbrach Drake das Siegel. Ein gelbliches Mehl, dem Geschmack nach keinesfalls pflanzlichen Ursprungs, schimmerte ihm entgegen. Er hatte gefunden, was er suchte (*CP–2*). → **516**

501 Einem seltsamen Impuls folgend, kniete sich Drake vor sein Bett und wagte einen Blick in die staubige Unterwelt. Zwischen den grauen Wolken blitzte etwas Metallenes auf. Aber nicht nur das, er sah auch, wie sich etwas Haariges bewegte. Drake zögerte. In der Akademie gab es zahlreiche staubige Winkel, dunkle Nischen unter Treppenabsätzen oder vergessene Kammern, in denen hungriges Getier und Schlimmeres auf naives Menschenfleisch lauerten. Und Drake ahnte, was ihn hier erwartete: eine Spinne.

Drake griff schnell zu. → **315**

Drake streckte seine Hand nur langsam aus. → **415**

504 Von der einst stolzen Eiche war nur noch ein etwa eineinhalb Meter hoher Stumpf übrig. Auch den Brunnen in unmittelbarer Nähe zu dem Baum gab es nicht mehr. Seine Umfriedung war eingestürzt, und über dem einstigen Schacht hatten die Menschen dieser Zeit ein Gitter geschmiedet.

Drake kam ein Gedanke. Großmeister Argus, der vor nicht allzu langer Zeit (jedenfalls aus Drakes Sicht) noch hier gesessen hatte – er hatte von „dunklen Geheimnissen unter unseren Füßen“ gesprochen. Verbarg sich unter dem fahlen Gras etwa ein weiterer Zugang zum Gewölbekeller?

Er lief zum Brunnenschacht und spähte durch das Gitter. Das Wasser lag so weit unten, dass er es lediglich riechen konnte. Drake rüttelte an dem Gitter. *Nein, hier ist kein Durchkommen.* Er ließ seinen Blick über den überwucherten Innenhof schweifen. Und erinnerte sich an etwas. Als er hier im Innenhof und in dieser Zeit erwacht war, hatte er geglaubt, ein hallendes Geräusch, ein Trippeln vieler Beine zu hören. War das doch keine Einbildung gewesen?

Sein Blick blieb an dem Eichenstumpf hängen. *Einen Versuch ist es wert.*

Der Stamm war hohl. Faulige Blätter, die Knochen eines Nagetiers, seltsam verdreht, häuften sich im Inneren der Eiche auf. Drake stieg in den breiten Stamm, scharrte im Unrat und bemerkte sogleich, dass seine Geräusche in der Tiefe widerhallten. „Ich sollte unter die Schatzsucher gehen", flüsterte er und legte eine Luke frei. Eine verschlossene Luke.

→ Drake hat doch sicher etwas, um die Luke zu öffnen. Kombiniere am besten Objekt und Ort.

505 Der Rubin leuchtete schwach auf, als Drake ihn in die Nähe des Steckens brachte, und ein Flimmern schoss über die Seiten des Notizbuchs, doch weiter passierte nichts. *Vielleicht ist es noch zu früh,* dachte er.

→ Gehe zurück zu dem Abschnitt, von dem du ursprünglich gekommen bist.

506 Drake entflammte den Stecken und brachte den Rubin nah an die leeren Notizbuchseiten. Ein rötlicher Nebel floss aus dem Edelstein, drang in die Seiten ein und formte Schriftzeichen, wo zuvor keine gewesen waren. „Es funktioniert", murmelte er und beugte sich über Clios nun unverschlüsselte Einträge.

14. August 1622
So viel ich auch im Laboratorium lerne, mir gefällt es nicht, dass Meister Torlund die Erforschung des Razz'Kalars weiterhin vor den anderen Lehrmeistern (und sogar Großmeister Argus) geheim halten will. Mehrmals habe ich ihn darauf angesprochen, aber der Lehrmeister fürchtet ihren Neid. Ich weiß nicht, ob ich ihm das glauben soll.

Drake verschlugen diese Zeilen den Atem. Ein Razz'Kalar war die mit Abstand gefährlichste Kreatur, die er sich vorstellen konnte. Das Wüten so eines zeitschlingenden Dämons hatte vor Urzeiten den Impuls zur Gründung der Akademie gegeben. War Meister Torlund wirklich so von Hybris erfüllt gewesen, dass er glaubte, ein solches Monster kontrollieren zu können?

2. September 1622
Etwas Schlimmes ist heute geschehen, und wäre der Lehrmeister nicht zugegen gewesen, hätte dieses dumme Missgeschick meinerseits böse Folgen gehabt. Die Bannhülse, in der wir den

Zeitschlinger immer fixieren, glitt mir aus der Hand und fiel in eine Schale mit ungeschliffenen Edelsteinen. Durch deren scharfkantige und wildmagische Struktur bekam die Hülse einen Riss, und ich sah, wie der schwarze Rauch herausstrebte. Zum Glück gelang es dem Meister, den Riss zu verschließen, bevor das Gefäß vollends aufbrach und den Dämon freisetzte. Clio, du musst fortan achtsamer sein!

4. September 1622
Mein Missgeschick mit dem Zeitschlinger vor zwei Tagen ist noch nicht vergessen, aber es hat auch eine unverhofft gute Erkenntnis zutage gefördert. Nun wissen wir, dass die Energie, die in manchen Edelsteinen ruht, sich nicht nur gegen Wiedergänger wendet, sondern auch gegen einen Razz'Kalar.

Noch verstehe ich nicht gänzlich, wo dieses Phänomen herrührt. Vielleicht hat es etwas mit dem „falschen Leben" zu tun, wie es mein weiser Lehrmeister häufig beschreibt. Meine These ist nun, dass der Rubin (wie auch der Razz'Kalar) Leben sammelt, gar organische Strukturen aufbricht und in sich aufnimmt. Jedenfalls liegt der Rubin nun als Sicherung bereit, falls es erneut Probleme mit der Bannhülse gibt.

2. Oktober 1622
Heute war ich den ganzen Tag im Labor. Gleich morgens schlug ich dem Lehrmeister etwas vor: Jetzt, wo wir die Sicherheit durch den Rubin genießen, will ich das Leben verschlingende

Monstrum fortan in einem altdruidischen Bannkreis untersuchen. Denn derart eingepfercht in einer Bannhülse sind detailliertere Betrachtungen des Razz'Kalars kaum möglich.

Meister Torlund willigte ein, aber erst um die Mittagsstunde, beim siebten Versuch, gelang es mir, den Drudenfuß so exakt mit dem Knochenmehl zu zeichnen und die richtigen Worte zu sprechen, dass wir den Razz'Kalar gefahrlos befreien konnten – nur um ihn gleich hinter magische Bande zu bringen. Dennoch werden wir den Zeitschlinger nicht dauerhaft im Bannkreis festhalten, sondern ihn nach den Untersuchungen wieder in die Bannhülse stecken. Und oh, dieser Modergestank, er wird noch tagelang an mir haften. Ich hoffe, niemand bemerkt ihn.

Nachtrag: Am Abend, der Meister hatte mir nochmals frisches Knochenmehl beschafft, geschah etwas höchst Merkwürdiges: Es war, als sei außer dem Lehrmeister und mir noch jemand im Labor. Auch Torlund sprach von „Schatten der Zukunft" und einem Schattenwanderer, ließ mich mit meinen Experimenten jedoch rasch allein. Kaum war er fort ... nein, ich will es hier nicht niederschreiben. Ich fürchte, jenem Gespinst aus Licht und Schatten ansonsten durch meine Worte Macht zu verleihen. Noch jetzt schaudert mich bei der Erinnerung. Sind unsere Experimente doch aufgeflogen? Haben die Werwolfgerüchte keine Früchte getragen? Sucht gar jemand aus ferner Zeit Hilfe und haben die Schatten, die wir riefen, bis in die kommende Zeit überdauert?

Ich will den Tiegel noch in dieser Nacht im östlichen Teil des

Innenhofs vergraben. Wer weiß, was die Zukunft bringen wird und ob sie der Hilfe der gemahlenen Knochen bedürfen wird.

25. Oktober 1622
Heute sind unsere heimlichen Forschungen erneut in Gefahr geraten. Daran trug weniger ich die Schuld als vielmehr Rose O'Callaghan. Diese Schnüfflerin, was hat sie sich von ihrem peinlichen Auftritt versprochen? Glaubt sie wirklich, sich durch ihre Schmeicheleien einen Vorteil zu verschaffen? So endlich die Abschlussprüfungen zu meistern?

Rose hat den Drudenfuß nicht bemerkt, weil ich ihn rasch verwischte. Auch bin ich froh, bislang keine exakte Anleitung zur Erstellung des Bannkreises niedergeschrieben zu haben. Dennoch will ich die Macht des Rubins nutzen, um die heikelsten Aufzeichnungen hier unsichtbar zu machen. → **G3**

511 Der Fackelschein des Steckens enthüllte, dass der Gang abrupt endete. Geröll, jeder Stein größer als ein menschlicher Oberkörper, hatte die dahinter abwärts führende Treppe verschüttet. Drake fühlte einen Windhauch. Als er durch die Lücken zwischen den Felsbrocken spähte, sah er, dass sich am Ende der versperrten Treppe ein Raum befinden musste. *Die Richtung stimmt. Auch die Entfernung,* dachte Drake. *Das müssen die Laboratorien von Meister Torlund sein.* → **D2**

512 Drake bahnte sich einen Weg zu Meister Merris, die rechte Hand mit dem Akademiering vorgereckt, die Schatulle mit den Lichttränken in der linken.

„Ah, Winterstone, die Zukunft der Akademie“, bellte der Hausmeister ihm gewohnt höhnisch entgegen. „Deinen Stecken sehe ich, und dein hässlicher Vogel ist nicht zu überhören. Wo aber ist das Decodierungsbuch?“

Drake versuchte, das große Buch aus der Tasche zu ziehen, jedoch verhakte es sich im samtenen Futteral.

„Na gut, Winterstone, dann mal rein in die gute Stube. Und bete, dass nicht du es sein wirst, von dem ich nachher etwas aufwischen muss.“ → C1

513 Drake stürzte, rappelte sich wieder auf und sprang über umgestürzte Bänke zum lichterlohen Feuer mit dem Rabensiegel. Meister Torlund stand davor. Sein Blick schweifte über das Chaos, als suche er jemanden.

„Sie hat nicht auf mich gehört“, hörte Drake den Lehrmeister zornig rufen. Die Flammen spiegelten sich in seinen Augen.

„Was geschieht …?“, rief Drake, und zeitgleich barst das Portal des großen Saals aus den Angeln. Gleich Speeren mähten die hölzernen Splitter die Fliehenden um. Rose taumelte, vom Holz in die Augen getroffen, ziellos noch ein paar Schritte umher und brach dann auf der Schwelle zum Oktagon tot zusammen.

Meister Torlund griff mit nackter Hand ins Feuer und riss das schmiedeeiserne, orange glühende Rabensiegel ohne einen Laut des Schmerzes heraus.

„Deine Freundin …“, hörte Drake den Lehrmeister noch rufen, bevor er in einen Zeittunnel taumelte.

Dann brachen rauchige Schwaden, dunkler als alle Nächte, Moder verströmend und lautlos wie der Tod, in das Oktagon. Sie strömten aus der Tiefe, drangen durch Fenster und Türen und Mauerfugen und vereinigten sich zu einer gewaltigen schwarzen Wolke. Das Deckengebälk stürzte ein, der Boden öffnete sich und der Schatten verschlang alles Leben.

Das letzte Geräusch, das Drake hörte, war Corx' Krächzen. Und mit dem Gedanken, die falsche Entscheidung getroffen zu haben, wurde auch sein Körper von den dämonischen Kräften des Schattens gepackt. Drake konnte noch einen letzten Sprung in Richtung Fenster machen, dann hatte er das Gefühl, zerfetzt zu werden *(LP–5, Verlust aller Prüfungsutensilien, einschließlich Corx, sowie aller bisher gesammelten Objekte).* → **D1**

514 Drake starrte auf das Mauerwerk, an dem einst sein Bett gestanden hatte, und ließ vor seinem inneren Auge das Gemälde mit Rose erstehen. Teilnahmslos nahm er wahr, dass Corx in Richtung Fensternische flatterte, dort aber unsicher landete.

Nichts ist, wie es einst war, sagte der Vogel und pickte in das Loch unterhalb der gähnenden Nische, in der einmal seine Rabenstange gesteckt hatte.

Immerhin haben wir uns, antwortete Drake und schloss die Augen. Die Schatten der Vergangenheit, die Kreaturen der Nacht, seine Fragen zu dem, was hier einst geschehen war, all das sollte für einen Moment draußen im Innenhof bleiben. Er würde sich später wieder darum kümmern.

→ **D2**

515 Kaum war Drake die Leiter wieder hinauf, schlug er die Bodenklappe zu, obgleich ihm das reichlich albern vorkam. Corx war sofort bei ihm, und während sich Drakes Gedanken überschlugen, stand auch der Rabenschnabel nicht still.

Ein Razz'Kalar, ein Zeitschlinger aus dem versunkenen Land – die Legenden sind also wahr?

Drake, wir müssen hier schleunigst weg!

Torlunds unheilige Experimente, sie haben die Zeit überdauert.

Drake! Weg hier!

Clio, o Clio, was hast du dort unten im Labor zu schaffen gehabt?

Sie stürzten von der Luke weg; fort, nur fort von dem alles verschlingenden Schatten.

Der Razz'Kalar blieb unter der Erde, vorerst mit der Lebenskraft der Liebenden zufrieden. Doch Drake fühlte große Scham, dass er die beiden Menschen in der Dunkelheit alleingelassen hatte *(CP–1)*.

„Ich muss da wieder runter!“, sagte er zu sich selbst und sprang zurück durch die Luke. → **615**

516 Drake setzte den verletzten Corx bei den Überresten der Kapelle in eine Nische.

Ich komme zurück, mein Freund, aber diese letzte Prüfung muss ich allein durchstehen.

Lautlos huschte er zu der Stelle zwischen der vergitterten Ruine des Brunnens und dem Eichenstumpf. Er öffnete den Tiegel mit dem Knochenmehl und zog, Clios Anweisungen penibel folgend, einen großen Drudenfuß (32) in die feuchte Erde. Das Knochenmehl reichte aus, und als Drake die uralten Formeln flüsterte, flammte ein bläulicher Schimmer über die staubigen Linien des nun vollständigen Bannkreises. Das war vollbracht. Jetzt galt es, sich um den Köder für den Drudenfuß zu kümmern.

→ Drake braucht als Köder die Wiedergänger. Kombiniere die Objekte, die Drake hier am ehesten weiterhelfen, und lies an der entsprechenden Textstelle weiter.

604 Die Tür zum Gewölbekeller war noch immer intakt, als hätte die Explosion diesen Teil der Akademie nicht erreicht. Dennoch war ein Eisengitter davor angebracht worden, um Unbefugten den Zutritt zu verwehren. Drake überlegte, ob es irgendeine Möglichkeit gab, zumindest dieses Gitter gewaltsam zu öffnen. Doch ihm fiel nichts ein. „Es muss noch einen anderen Zugang geben.“ → **D2**

611 Der Seitengang öffnete sich in einen Raum, über dessen Nutzung Drake rätselte. Denn die nahezu quadratische Kammer war bis auf mehliges Geröll und ausgewaschene Salzablagerungen an den Wänden leer. Drake streckte seine Fackel weit nach oben, um die Decke zu beleuchten.

Das Fauchen ließ sein Herz fast aus der Brust springen. Silbermatte Spinnweben, vom Staub schwer, vergingen zischend im Steckenfeuer.

„Sackgasse“, ächzte Drake und erschrak, weil seine Stimme seltsam hohl klang.

Er wollte sich schon wieder abwenden, als ein großer Schatten schnell auf ihn herabfiel.

Die Spinne war deutlich größer als die Exemplare, die er kannte. Jedes ihrer acht Beine maß das Doppelte der Länge von Drakes Kampfstecken. Dem gefallenen Zeitenwächter schoss das Blut in den Kopf, aber er wich zurück, bevor das Monster die Stelle traf, wo er soeben noch gestanden hatte. Als er einen Herzschlag lang in die zahlreichen Augen des Tieres sah, umwuchert von einem dicken, grünen Borstenkleid, wusste er, dass er einem nunmehr jahrhundertealten Feind gegenüberstand (26). Jetzt galt es zu entscheiden, ob er zuschlagen sollte und was er im Kampf gegen den überlebenden, aber monströs gewachsenen Arachniden aus der *Prüfung der Hände* aufbringen konnte.

Drake hatte genug von Ogerspinnen. Er floh aus dem Raum (CP-1). → **D2**

Drake brachte seinen Stecken in jene Kampfstellung, die ihm in unzähligen Trainingsstunden eingetrichtert worden war. Er würde auch die letzte Ogerspinne endgültig zum Teufel jagen. → Kombiniere die richtigen Objekte, um die Spinne zu besiegen!

612 „Netter Versuch, Winterstone", bellte Hausmeister Merris über die drängelnde Menge der Schüler, als Drake ihm seine „Eintrittskarten" zeigte. „Komm wieder, wenn du alles beisammenhast. Und beeil dich, die Zeit verrinnt."

Drake sah Hilfe suchend zu Clio, die die Schwelle zum Saal bereits passiert hatte. „Akademiering, Decodierungsbuch und Hausapotheke", gab sie bereitwillig, aber stirnrunzelnd Auskunft, „Stecken und Rabe." Dann schaute sie ihn an. „Drake, wenn du jetzt schon etwas vergisst, was soll in der *Prüfung des Ohres* mit dir werden?"

Wo findet Drake, was er vergessen hat? → **A2** oder → **B2**

Hast du die fehlenden Objekte gefunden, gehe zu → **C1**.

613 Drake bahnte sich einen Weg über den schwankenden Saalboden. Er erreichte den Vorhang vor einem der Erkerfenster, riss ihn zur Seite, ließ Licht in das Oktagon und erschauderte angesichts des Tumults.

Ungeachtet der Befehle der Lehrmeister strauchelten die meisten Schüler in Richtung des Saalportals. Manch einer ging zu Boden, andere trampelten über die Fallenden hinweg. Drake erhaschte einen kurzen Blick auf Seth, der Rose mit sich riss. Clio jedoch hockte regungslos auf dem Boden, Stecken und Rubin weinend an sich gepresst. Am Feuer, in dem das Rabensiegel hell glühte, schrie Meister Torlund Worte, die Drake nicht kannte. Da prallte ein flüchtender Mitschüler auf dem Weg zum Fenster gegen ihn und riss Drake zu Boden. Noch liegend sah er, wie sich hinter Torlund ein Zeittunnel öffnete, in dem der Lehrmeister verschwand.

Drake stieß den Mitschüler von sich, rappelte sich wieder auf und rief nach Corx. Die Rabenvögel flatterten ziellos durch den Saal oder pickten im Gebälk gegen die Schindeln, als könnten sie dort entkommen.

Da barst das Portal aus seinen Angeln und gleich Speeren mähten die hölzernen Splitter die Fliehenden um. Rose taumelte, in die Augen getroffen, noch ein paar Schritte und sackte dann stumm gegen Seth.

Drake wollte schreien, doch er konnte nicht. Denn kaum hatte sich der tödliche Regen gesenkt, zogen rauchige Schwaden in das Oktagon. Sie kamen aus der Tiefe, drangen durch Türen, Mauerfugen und Bodenplatten und vereinigten sich zu einer gewaltigen, jeden Schrei verschlingenden Wolke. Die wenigen Fliehenden, die dem finsteren, nach Verwesung stinkenden Schatten entkamen, wurden vom herabstürzenden Gebälk erschlagen oder versanken im aufplatzenden Saalboden.

Drake stand im Licht des Fensters, unfähig, sich angesichts des uralten und namenlosen Grauens zu bewegen. Dann bewegte sich der Schatten in Drakes Richtung.

Das Letzte, was er sah, waren zwei Flügel, die, vor der Wolke fliegend, auf ihn zuschossen und ihm ins Gesicht klatschten. Er spürte einen Schlag und den hundertfachen Schmerz schneidender Glassplitter. Wind und Regen empfingen ihn, als er aus dem Leben gerissen wurde und ins Licht stürzte *(LP–3, Verlust aller Prüfungsutensilien, einschließlich Corx, sowie aller bisher gesammelten Objekte).* → **D1**

614 Drake starrte auf jene Wand, an der einst sein Bett gestanden hatte, und ließ vor seinem inneren Auge das Gemälde mit seiner verblichenen Freundin erstehen.

Wenn doch nur Corx hier wäre, dachte Drake und schloss die Augen. Die Schatten der Vergangenheit, die Kreaturen der Nacht, seine Fragen zu dem, was hier einst geschehen war, all das sollte für einen Moment draußen im Innenhof bleiben. Er würde sich später wieder darum kümmern. → **D2**

615 Hanna entkam dem Todesschlund nicht mehr, alle Mühe war vergebens. Drake biss die Zähne aufeinander, bis sein Kiefer schmerzte. Er durfte den schwarzen Nebel nicht aus dem Gang entweichen lassen. Er wusste nun, was in den Tiefen der Akademie überdauert hatte. *Bei allen Heiligen: Ein Zeitschlinger, ein Teufel des Meeres – was hatte Meister Torlund noch in seinem Labor versteckt gehalten?*

Für mehr Gedanken blieb keine Zeit, denn der Zeitschlinger ließ von seinem Mahl ab und wandte sich nun frischerem Leben zu.

Also dann, dachte Drake mit hämmerndem Herzen, *ein letzter Kampf, ein würdiger Gegner.*

→ Wie wird Drake dem Zeitschlinger gegenübertreten? Kombiniere die richtigen Objekte und lies an der entsprechenden Stelle weiter!

704 „Wo finde ich noch Zuflucht?“ Drake kannte einen Ort, obgleich er fürchtete, was er vorfinden würde.

Rasch lief er über den verwilderten Rasen, quer über den Innenhof und stolperte in das, was von dem Säulengang früherer Zeiten übrig geblieben war.

Die Tür, die einst zu seiner Kammer geführt hatte, war mit keinem Splitter Eschenholz mehr zu erahnen. Von seiner einstigen Behausung, in der er so viele Jahre geschlafen, gebüffelt und geliebt hatte, waren nur noch die Grundmauern und ein Teil des Dachs übrig.

Falls Drake Objekt 20 besitzt. →**514**

Falls Drake Objekt 20 nicht besitzt. →**614**

804 Nur ein geübter Beobachter hätte erkannt, dass unter Gras und Gebüsch einst ein Kräutergarten gelegen hatte. Drake schritt die rechteckigen und paarweise zueinander angeordneten Beete ab. Kaninchen hatten auch hier Gänge ins Erdreich getrieben. Zwischen verwachsenen Hecken fand er einige jener orangefarbenen Beeren, die bei den Akademiebewohnern schon damals heiß begehrt gewesen waren. Entweder hatten die heutigen Menschen sie übersehen oder sie wussten nicht um ihre außergewöhnliche Heilwirkung. Drake aß einige, ignorierte den anfänglich bitteren Geschmack und spürte kurz darauf, wie sich sein Körper regenerierte *(LP+2)*. → **D2**

**Was immer du zusammenfügst,
sei gewarnt: Manches lässt sich nur
schwerlich wieder voneinander scheiden.
(Meister Stigr Torlund)**

1103 „Eindeutig der Mensch“, antwortete Drake. „Bei seiner Geburt kriecht er auf allen vieren, kann am Mittag wahrhaft auf zwei Beinen umhereilen, um dann am Abend ... o nein, ich glaube, das ist falsch.“

„Leider ja“, bestätige Meister Colain und hob zur zweiten Frage an *(CP–1)*. →103

1120 Drake öffnet die Schatulle und warf der hohlen Nadel, verborgen zwischen den geölten Hölzern, einen bösen Blick zu. Seine Laune wurde nicht besser, als er feststellte, wie es um die Bestückung mit den *Lichttränken* stand. Da waren das violette Antidot (13) zur Neutralisation von vielerlei Giften sowie das profane, aber nützliche blaue Heilwasser gegen körperliche Wunden (12). Auch das grüne Schutzdestillat gegen Wiedergänger (von dem Drake glücklicherweise bislang nie hatte kosten müssen), die bitter schmeckende gelbe Brühe zur kurzfristigen Erhöhung der Fingerfertigkeit sowie die letzten Tropfen des zartroten Konzentrationssirups, all das war vorhanden. Ein Lichttrank jedoch fehlte.

„Verdammt, der Charismatrank“, stöhnte Drake und betete die auswendig gelernte Wirkung herunter, als schmälerte dies den Verlust: „Einen milchigen Tropfen auf die Haut und du riechst den ganzen Tag vortrefflich, zwei Tropfen auf die Zunge und du kannst spielend jeden überzeugen, drei Tropfen geschluckt und dein Licht strahlt heller als die Sonne." Jemand hatte sich an dem wertvollsten Destillat der Hausapotheke vergriffen. → **A2**

1133 Drake stellte die Buchstaben A–R–X–X in die Schatulle ein. Sofort durchfuhr ein heißer Stich seinen Mittelfinger *(LP–1)*. Glücklicherweise hatten sie den Basiliskenzahn, die verborgene Nadel, nicht mit Tollkirschensud getränkt, wie es andere Schüler der Akademie oftmals zum Spaß taten. Drake fluchte. *Wie dämlich kann man sein?* Er war auf einen Trick reingefallen, um Schnüffler hereinzulegen. Auf ihren eigenen Trick. Zwar hockte Rabe Arxx auf Roses Arm, aber diese Schatulle gehörte nicht ihr, sondern Drake und Seth. Und Seths Vogel hieß „Horus", dieser Code funktionierte demnach auch nicht.

→ Kombiniere mit einem anderen Raben, um die Hausapotheke zu öffnen

1215 Der Heiltrank verschaffte Drake etwas Linderung, konnte aber das Spinnengift nicht vollständig aus seinem Körper bannen. Es ärgerte Drake, eine Anwendung des kostbaren Heiltranks verschwendet zu haben *(LP+2)*. → **A2**

1315 Das Spinnengift verschwand aus Drakes Körper, als würde der Trank den heißen Schmerz vereisen *(LP+2)*. → **A2**

1421 Drake versuchte, den Rubin in das geborstene Ende seines Feuersteckens einzupassen. Sofort verbanden sich Edelstein und Blumenulmenholz, und als Drake einen Schwung in die Luft vollführte, spürte er, dass der Rubin die Kraft des Feuers um ein Vielfaches verstärkte. → **D2**

1426 Drake schlug hart mit dem Feuerstecken zu. Auch in diesem Jahrhundert versengten die Flammen den Borstenleib der monströsen Kreatur. Doch die nunmehr handlangen Mundwerkzeuge und der stärker konzentrierte ätzende Speichel rissen brennende Wunden in Drakes Haut, bevor die Ogerspinne mit einem rauen Pfeifen verendete *(LP–2)*. → **D2**

1429 *Lass ab, Drake! Diesen Dämon bezwingt nur große Energie!*, rief Corx außerhalb des Ganges.

Nein, der Razz'Kalar soll mein Feuer schmecken.

Das wird nicht reichen. Du brauchst stärkere Magie als nur einen Elementarstecken.

Dann treib etwas auf, was von Nutzen ist!, knurrte Drake und ging zum Angriff über.

Das Feuer erhellte die Finsternis, aber der Zeitschlinger fraß die Energie der Flammen und wurde mit jedem Steckenhieb größer und gieriger. Verbissen stach Drake immer wieder in den Schatten. Der unheilige Atem saugte an seiner Lebenskraft. Die Haut seiner Hände wurde dünner, riss auf, Blut rann erst tropfenweise und dann in langen Fäden auf den Schlund des Razz'Kalar zu. Drake ignorierte Schmerzen und Schwindel und hieb wie von Sinnen auf die schwarze Wolke ein. Doch mit jedem Hieb verlor auch sein Stecken an Spannkraft und Stabilität. Verzweifelt legte Drake all seinen Hass in die flammenden Schläge. Die Flammen leckten über seine alternden Hände und züngelten bis zu seinen Unterarmen hinauf *(LP–3)*.

Er weicht nicht, dachte Drake, als der Schmerz die Schwärze vor seine Augen trieb.

Drake besaß den Rubin (21). →**216**

Drake hatte den Rubin (21) nicht in seinem Besitz. →**316**

2023 Der Rabe pickte mit dem Schnabel auf das Notizbuch. *Es gibt Dinge, die man besser nicht erforschen sollte,* hörte Drake die Gedanken des Vogels. *Bist du dir sicher, dass du bereit bist?*

→ Wenn du das Buch bereits gelesen hast und im Besitz von Objekt 24 bist: Lies weiter bei → **D3.**

→ Wenn du eine oder beide Bedingungen noch nicht erfüllst: Du spürst, dass der Rabe recht hat: Du bist noch nicht so weit. Lies weiter bei → **D2**.

2103 „Eine trickreiche Frage, aber ich habe Avegonex' illustrierte Schriften aufmerksam studiert", antwortete Drake. „Es ist die Harpyie, halb Frau, halb Vogel. Nachdem sie geschlüpft ist, kriecht sie auf allen vieren, eilt dann auf

Schwingen durch die Lüfte und trägt am Abend ihre Beute, hängend in ihren Krallen, ins Nest."

„Sehr gut", lobte Meister Colain. „Kommen wir zur zweiten Frage." *(CP+1)* → **103**

2123 Der rötliche Schimmer der Seiten wurde intensiver, und fast meinte Drake, so etwas wie Schriftzeichen ausmachen zu können. Die Kraft des Rubins hatte eine Wirkung! Doch sie allein reichte offenbar nicht, um die unsichtbaren Einträge sichtbar zu machen.

→ Gehe zurück zum Abschnitt, von dem du gekommen bist.

2126 Er hielt der Ogerspinne den Rubin entgegen, wie er es auch bei Clio in der Prüfung gesehen hatte. Sofort wich das Tier zurück und der borstige Leib schrumpelte zusammen, als nähme der Edelstein die Essenz der Kreatur in sich auf. Drake stieß ein triumphierendes Lachen aus und wagte sich weiter vor. In diesem Moment explodierte der Arachnide und seine Innereien spritzten umher. Zischend fraß sich der grüne Matsch in Drakes Haut *(LP–2)*. → **D2**

2129 Der Rubin pulsierte immer stärker, als Drake ihn in Richtung der wirbelnden Wolke hielt. Der Zeitschlinger schreckte vor der Macht des Edelsteins zurück. Er öffnete nochmals seinen Schlund, doch das Gefüge des Juwels schien immun gegen die gierige Boshaftigkeit.

Mit jedem Schritt, den Drake mit dem Edelstein in der Hand tat, wich die Kreatur zurück. Dort, wo der Gang über der Treppe zusammengestürzt war, verschmolz der Razz'Kalar mit dem Geröll und den Schatten, lauernd, aber zunächst gebannt *(CP+1)*. → **E3**

3103 „Eric Draven besaß zwei Seelenfreunde, wobei ihn diese Vögel in der Teufelsnacht nicht vor dem Unvermeidlichen schützen konnten", antwortete Drake.

„Ihr hättet wahrlich mehr lesen sollen, statt durch Zeittunnel auf flimmernde Kisten zu starren", gab Meister Colain kalt zurück *(CP–1)*. → **103**

3132 Drake schielte zu Hanna und Steve. Gierig kratzten sich die beiden Untoten gerade die Finger an der Kapellenwand auf.

Drake schleuderte einen Stein in Richtung der Wiedergänger. Sofort ruckten ihre losen Köpfe herum.

Steve war als Erster bei ihm. Drake ließ den Untoten herankommen, duckte sich unter dessen ausgestreckten Händen, vollführte eine halbe Drehung und stieß ihm dann den brennenden Stecken in den Rücken. Mit einem überraschten Grunzen stolperte der brutzelnde Wiedergänger über die blau glimmende Linie des Drudenfußes. Die Magie nahm ihn sofort gefangen.

Hanna begriff nicht, was ihrem Geliebten widerfuhr. Kreischend taumelte sie heran. Erst als sich Steve gegen die halb durchsichtige Barriere warf und die Bannmagie seine Haut wie faule Rinde von den Knochen schälte, zögerte Hanna, ihrem Geliebten nachzuspringen. Mit einem gierigen Aufeinanderschlagen ihrer letzten Zähne wandte sie sich Drake zu.

„Liebe überwindet alle Grenzen", schleuderte er ihr entgegen und trat die Untote gegen die Brust. Hannas Rippen brachen und mit einem erstickten Schrei flog sie rückwärts über die bannende Linie.

Drake lächelte grimmig. Die Falle, der Köder – alles war bereit, jetzt fehlte nur noch das Opfer.

Er kletterte in den Eichenstumpf und gelangte in den Geheimgang unter Borke und Gras. Dort entzündete Drake seinen Stecken. Das Knistern der Flammen drängte die lastende Stille vor sich her. Nun aber brauchte es keine Heimlichkeit mehr.

„Komm heraus, Lebensschlinger, Gezücht der versunkenen Welt!", rief er in die Tiefe. „Ich bin hier, voller Leben. Es wird Zeit, es zu beenden!"

CP $\geq$ 10 → **G5**

CP $<$ 10 → **G6**

4103 „Hugin und Munin", antwortete Drake, „so hießen die beiden Raben, die Odins Seelenfreunde waren. Wobei der Göttervater seinen Dienst als Zeitenwächter aufgrund seiner mannigfaltigen anderen Verpflichtungen kaum ..."

„Schon gut“, unterbrach Meister Colain. „Ein einfaches *Odin* hätte als Antwort genügt.“ *(CP+1)* → **103**

5103 „Ich sage, Krâja die Hexe, denn sie war eine herausragende Kennerin der Familie der Rabenvögel. Wem sonst als der Schwarzkünstlerin aus Siebenbürgen wird man zugestanden haben, dass sie zwei … o nein“, Drake schlug sich vor die Stirn, als er den mitleidigen Blick des Lehrmeisters bemerkte, „das stimmt wohl nicht.“ *(CP–1)* → **103**

6103 „Jeden Tag gehe ich an seinem Abbild vorbei“, sagte Drake. „K’Prie trug seinen Speer, als er dem Land unter dem Meer entkam. Diese würdevolle Waffe wurde zum Vorbild für unsere Kampfstecken, die …“

„Das genügt“, unterbrach Meister Colain. „Viel Erfolg bei Eurer nächsten Prüfung.“ *(CP+1)* → **C3**

7103 „Die Reißzähne einer Säbelzahnkatze“, gab Drake zur Antwort, obwohl er sich unsicher war.

„Nein, es waren zwar Zähne, jedoch die einer weitaus größeren Kreatur“, antwortete Meister Colain. „Aber nun genug der Fragerei. Auf zur nächsten Prüfung!“ *(CP–1)* → **C3**

8103 „Obgleich es seine Statue nicht abbildet, brachte K’Prie einen Beutel mit Sand seiner versunkenen Lande mit“, antwortete Drake. Und im gleichen Moment wusste er, dass diese Antwort falsch war. Doch er war froh, die *Prüfung der Ohren* endlich hinter sich zu lassen *(CP–1)*. → **C3**

11201 „Natürlich!“ Drake schlug sich vor die Stirn. Er sah von der Schatulle zum Ölgemälde, das Rose zeigte. Da, verborgen im Gefieder des Raben, hatten Seth und er den Code für ihre Hausapotheke einst aufgeschrieben (für „weinselige Tage“) und somit die Perfektion von Meister Thomasius’ Kunstwerk (33) unwiderruflich zerstört.

→ Welcher Rabe hilft beim Öffnen der Hausapotheke? Arxx (33) oder Corx (20)? Kombiniere die beiden richtigen Objekte miteinander und lies dort weiter! Wenn Corx noch nicht in deinem Besitz ist, lies weiter bei **B1** und komme später hierauf zurück.

12403 Die Wunden schlossen sich, der Schmerz ließ nach, als Drake ein paar Tropfen des blauen Heiltranks auf seine Verletzungen gab *(LP+2)*. → **C3**

13403 Kaum hatte Drake einen Schluck des violetten Antidots getrunken, ebbte das Brennen des Gifts ab *(LP+2)*. → **C3**

14401 Mit seinem Stecken führte Drake eine Bewegung gegen den Schrank aus, brach das komplizierte Muster aber ab, bevor er es vollendet hatte. „Halt! Ich will hier nicht alles abfackeln.“ → **A2**

17102 „Ich habe dir etwas mitgebracht.“ Drake zog den Luftstecken hervor und übergab ihn an Seth. „Du hast nicht zufällig den Schrankschlüssel bei dir?“ Seth grinste, fischte den Schlüssel (18) aus den Tiefen seiner Robe und gab ihn Drake.

→ Nutze den Schlüssel, um endlich den Schrank (401) zu öffnen.

18401 Das Schloss sprang auf. Die Bretter im Inneren des Schrankes bogen sich unter der Last zahlreicher schwerer Bücher. *Avegonex' illustrierte Liste der abnormen Subjekte,* eine Sonderausgabe des *Necronomicon* von A. Alhazred, das *Fünfte Buch der sechs Weisheiten,* gesammelt von Asvalon, sowie Dr. E. Browns *Codex der 13 Zeitreisen durch das letzte Jahrtausend* – es war eine prächtige Sammlung. Drake benötigte heute nur das von P. Alecns verfasste *Decodierungsbuch* (19), mit dem sich allerlei verschlüsselte Texte dechiffrieren ließen. Als er den Wälzer herauszog, rutschte auch Avegonex' Buch heraus und landete aufgeschlagen auf dem Fußboden. Drake bückte sich nach dem Buch. Die Seite zeigte eine Harpyie. Eine merkwürdige Kreatur, halb Frau, halb Vogel. Nach der Geburt kriechen diese Geschöpfe zunächst auf allen vieren, um dann majestätisch mit ihren Schwingen durch die Lüfte zu gleiten. In der Illustration im Buch trug die Harpyie einen pausbäckigen Bauernjungen in ihren Krallen. Kopfschüttelnd stellte Drake das Buch wieder an seinen Platz. → **B2**

22304 Das moderne Schloss war gegen Seths nunmehr 400 Jahre alten, aber noch immer von schwarzer Magie behafteten Dietrich chancenlos. Drake spannte die Armmuskeln an, als er die Höhle der Grabräuber betrat, und entzündete seinen Feuerstecken.

Direkt neben dem Eingang, auf einem metallenen Schubladenturm, stand eine gläserne Karaffe mit einer trübbraunen Flüssigkeit, die nach verbrannter Erde roch. Auf der Porzellantasse daneben, in der sich eingetrocknete Reste dieses Getränks befanden, stand der Spruch *God Save the Queen*.

„Wieder eine Königin." Drake wusste aus den Büchern der Zeitenwächter über die kommenden Jahrhunderte, dass in der Zukunft viele Georges die Krone tragen würden, seit die Tudorherrschaft mit Elisabeth I. im Jahr 1603 ein Ende gefunden hatte. Es war nicht die einzige Dynastie, bei der die Zeitenwächter ihre Hände im Spiel gehabt hatten.

Er wagte sich tiefer in die weiße Kammer. Auf kalten Tischen lagen Werkzeuge: Spaten, Hacken und kleine Kellen, wie Drake sie aus dem Maurerhandwerk kannte. Auch fand er Pinsel, Maßbänder, allerlei Siebe und sogar eine Brille, die der von Rose erstaunlich glich. Wie die Höhle von Grabräubern wirkte all das nicht für ihn, eher wie die Kammer von Forschern.

Über einem der Tische klebte ein großer Papierbogen an

der Wand, der den Grundriss der Akademie wiedergab; vielmehr das, was von der einst weitläufigen Anlage übriggeblieben war. Das repräsentative Vorderhaus direkt über der Steilküste (das einzige Gebäude, das Uneingeweihte vor der Zerstörung gesehen hatten), war auf diesem Plan genauso wenig verzeichnet wie die Stallungen, der Südturm und das Oktagon. Die Explosion hatte alle diese Gebäude ausradiert und nur den Innenhof mit dem Rabenturm übrig gelassen.

Auf dem Tisch gab es weitere Papiere, blütenweiß, sodass sich Drake wunderte, wie die Menschen der Zukunft, die nun zu seiner Gegenwart geworden war, solch reine Bögen schöpfen konnten. Auch die Schrift auf diesen war so perfekt, wie es nicht einmal Gutenbergs Buchdruckmaschine darzustellen vermochte. Und dennoch wirkte all das leblos auf Drake.

Er besah sich Verzeichnisse, die Fundstücke auflisteten, die die Forscher seinem früheren Zuhause entrissen hatten. Es waren nur profane Gegenstände wie Türbeschläge, Essbesteck oder vergammelte Mobiliarreste – als habe die Zerstörung der Akademie jeden Hinweis auf das wahre Leben hinter den Mauern für alle Zeiten getilgt.

Ein Papier enthielt einen Brief, geschrieben in denselben gleichförmig gedruckten Lettern wie auch die anderen Schriften in diesem Raum. Eine Frau namens Prof. Dr. Tamara Primer hatte ihn an einen gewissen Timothy Goldberg verfasst (Drake fragte sich, was das seltsame @ hinter den Korrespondierenden für eine Bedeutung hatte).

Sehr geehrter Herr Goldberg,
*die molekulargenetischen Untersuchungen der Fauna im Ostteil der Vogelburg ergaben, dass die Telomere der Poaceae (entgegen allen bisherigen wissenschaftl. Erkenntnissen) verkürzt vorliegen. Eine derartige Verkürzung der chromosomalen Endkappen, wie sie untypischerweise nun auch bei Gräsern auftritt, lässt eine wechselseitige Beziehung mit den künstlichen Alterungsprozessen Ihrer geologischen Funde sowie die der in ihrer äußeren Gestalt deformierten Lohkaninchen vermuten. Genaueres werden weitere C-14-Untersuchungen zeigen, sobald die Radiokarbon-Kolleg*innen nach der Osterwoche wieder im Institut sind.*

Weiterhin viel Erfolg bei der Freilegung der Katakomben und beste Grüße aus Oxford sendet
Prof. Dr. T. Primer

Drake verstand nicht einmal die Hälfte dieses Briefes. Was er begriff, war, dass Tiere und Pflanzen auf dem Gelände von einer Form der Magie betroffen waren, die die Forscher sich auch nach 400 Jahren nicht erklären konnten. Er ahnte, dass diese Magie für den Zusammenbruch der Akademie gesorgt hatte und dass ihre Quelle unterhalb der Ruine zu finden war.

Er wollte die seltsame Kammer verlassen, als ihm noch

eine blaue Kiste auffiel, die mit einem klebrigen und mehrere Finger breiten Band umwickelt war.

„Wenn diese Menschen schon in meinem Alltag herumschnüffeln, ist es mir bei dem ihren allemal erlaubt", murmelte Drake.

Er erkannte den Steintiegel im Inneren sofort wieder. Es war eines jener Gefäße, wie sie bei alchemistischen Arbeiten in der Akademie oft verwendet worden waren. Dieser Tiegel war jedoch versiegelt und anscheinend hatte kein Forscher bislang gewagt, die Schutzvorrichtung aus Wachs zu zerbrechen.

„Keine Zeit für Geheimnisse!" Kurzerhand erbrach Drake das Siegel. Ein gelbliches Mehl, dem Geschmack nach keinesfalls pflanzlichen Ursprungs, schimmerte ihm im Steckenlicht entgegen. Er ahnte, dass ihm diese Substanz im Tiegel (21) noch einmal gute Dienste erweisen würde. → **D2**

22504 Seths schwarzmagischer Dietrich öffnete die Luke, brach dabei aber ab, sodass er künftig unbrauchbar war. Nun besaß er nur noch einen magischen Schlüssel. Über eine rostige Leiter stieg Drake in die Tiefe. Eiligst rief er das Feuer seines Steckens als Fackel. Er verspürte keine Lust, in der Finsternis von Spinnen oder anderem Getier überrascht zu werden.

Ein schmaler Gang, grob aus dem Kalkfelsen der Küste getrieben, gähnte vor ihm. Drake musste den Kopf unter spröden Stützbalken einziehen, als er dem Tunnel in Richtung Südwesten folgte. Weit hallten seine Schritte in die Dunkelheit. Er hoffte, er scheuchte nichts auf, was sich hier unten vor der neuen Zeit versteckt hielt. Dann zweigte vom Hauptgang ein weiterer Weg unverhofft nach rechts ab.

Drake folgte dem leicht abschüssigen Gang. →**511**

Drake bog vom Hauptgang ab. →**611**

23404 *Wie lang gilt ein Versprechen?* Drake zögerte: Durfte er Clios Notizbuch lesen? Er hatte ihr versprochen, es nicht zu tun. Doch um sein Gewissen zu entlasten, redete er sich ein, dass auch Clio den Vorkommnissen in der Akademie auf den Grund gehen würde.

Im Schein des summenden Lichts konnte Drake Clios Einträge lesen. Sie berichteten von ihrem Alltag, hauptsächlich aus den Unterrichtsstunden bestehend, die Drake ebenfalls besucht hatte. Er überflog die Seiten. Sein Blick blieb an einem längeren Eintrag hängen, der seinen Nacken kribbeln ließ.

16. Februar 1622

Nach dem Studium von Asvalons Schriften bin ich mir gewiss: Auch der Schüler, der noch nicht das Rabenbrandsiegel trägt, vermag mithilfe seines Seelenvogels eine Reise durch die Zeit anzutreten.

Drake hielt inne: Zeitreisen ohne die Kraft des Siegels nur mit dem Seelenvogel?! Das widersprach allem, was er je an der Akademie gelernt hatte. Angespannt las er weiter.

Doch im Gegensatz zu den Tunneln, wie sie von Zeitenwächtern seit Jahrtausenden genutzt werden, reist beim sogenannten „Schattenwandern" nicht der stoffliche Leib, sondern einzig sein Schatten. Hierbei ist es dem Reisenden nicht möglich, Gegenstände zu berühren oder mit den Wesen ferner Epochen zu kommunizieren.

Aufgrund seiner Passivität erlaubt das Schattenwandern nur wenig Interaktion. Darüber hinaus wird es als instabil und unberechenbar beschrieben, sogar als gefahrvoll für unvollständig ausgebildete Zeitenwächter. Aus diesen Gründen wurde diese Praktik verboten und geriet in Vergessenheit.

Und dennoch, kommentierte Clio ihre Notizen, *gelang es mir bereits zweimal, meinen Schatten in die Vergangenheit zu schicken. Es war schrecklich. Diese Form des Reisens raubte mir so viel Kraft, dass ich mich schon währenddessen matt fühlte und nachher kaum mehr aufrecht gehen konnte. Einmal verlor ich gar das Bewusstsein und erwachte erst wieder am nächsten Morgen. Ein drittes Mal, so fand ich heraus, überleben nur die wenigsten. Ich wage das nicht!*

Drake sah von Clios Zeilen auf. *Schattenwandern, zurück in die Zeit vor der Explosion der Akademie – vielleicht kann ich dadurch mehr darüber herausfinden, was damals geschehen ist.* Vielleicht war es ihm sogar möglich, die Geschehnisse in eine andere Richtung zu lenken. *Nein, Clio schreibt von Passivität und Beobachten.*

Er blätterte weiter, um mehr über diese Technik zu erfahren. Was musste er tun, um seinen Schatten durch die Zeit zu schicken? Doch Clios Einträge wandten sich anderen Themen zu. Themen, die allerdings ebenfalls befremdlich auf ihn wirkten. Er erkannte Runen aus dem Bereich der Bannmagie, und außerdem schrieb Clio von einer Zusammenarbeit mit Meister Torlund.

Es war nichts Ungewöhnliches, dass Zeitenwächter sich Gehilfen unter den Studierenden wählten. Doch von Meister Torlund war bekannt, dass er wenig von solcherlei Kooperationen hielt. Dennoch hatte Clio offenbar mit ihm gearbeitet.

Ein wispernder Regen benetzte Clios Niederschriften, als Drake seine Nase weiter in die Seiten bohrte. Clio hatte auch Zeichnungen von Drudenfüßen geübt, fünfstrahlige Sterndarstellungen, denen man laut Dr. Faustus magische Macht nachsagte. Zudem hatte sie komplizierte Berechnungen zu diesen Bannkreisen durchgeführt.

Eine Notiz zwischen all den Zahlen und Skizzen war seltsam: *Das falsche Leben – darf man damit experimentieren???*

„Woran hast du da unten im Gewölbekeller geforscht?“,

murmelte Drake und blätterte weiter. Doch die nachfolgenden Seiten waren unbeschrieben, obwohl die letzten des Büchleins wieder dicht gefüllt waren, wenn auch nur mit belanglosen Lernlisten. Drake blätterte zurück und strich über die leeren Seiten. Ein rötlicher Schimmer lag auf ihnen.

Da ist noch etwas. Was verbirgst du, Clio? Drake knetete sich den Nacken. *Der Schlüssel zur Katastrophe wurzelt im Gewölbe und in den Laboren von Meister Torlund.* „Ich muss dorthin zurück", rief er in die nasse Nacht. Aber wie funktionierte das Schattenwandern? Man brauchte dazu einen Seelenvogel, hatte Clio geschrieben. Wusste Corx vielleicht mehr? → **D2**

31104 Drake rannte quer über den Innenhof. Ohne es zu wollen, führten ihn seine Schritte zur Ruine der Kapelle und weiter hinunter bis in die Krypta.

Atemlos kauerte er in der Dunkelheit zwischen den Särgen von Seth und Rose. Er musste wieder an ihren Verrat denken, spürte aber seltsamerweise keinen Groll mehr. Er fühlte überhaupt nichts mehr. *Vielleicht sollte ich mich einfach der Gier der Untoten hingeben.* Dann wäre er für immer an die Akademieruine gebunden, diesen Ort von Falschheit und Versagen.

Er horchte in die Nacht. Steves und Hannas Grunzen entfernte sich von ihm. Sie hatten wohl endlich das Interesse an frischem Fleisch verloren. → **G2**

31204 Er rannte in die Rabenturmruine und verbarg sich hinter einem Mauerrest.

Steve erschien als Erster im Turm. Er schnupperte, knurrte und torkelte auf Drakes Versteck zu.

Ich will dich nicht töten. Nicht schon wieder.

Der Wiedergänger kraxelte auf den Mauerrest. Die Steine gaben nach und polterten Drake zwischen die Schulterblätter. Wütend vor Schmerz und darüber, dass ihn die Untoten nicht zufriedenließen, stürmte er wieder aus der Turmruine hinaus *(LP–1)*. Vielleicht konnte er sie anderweitig abschütteln. → **G1**

31304 Drake hetzte hinter das weiße Gebäude der Forscher. Doch das klapprige Pärchen blieb ihm auf den Fersen. Drake fluchte. *Warum können es nicht wenigstens langsame Untote sein?*

Hanna grapschte nach seiner Kleidung, aber Drake riss sich los und prallte gegen die Wand der Forscherkammer *(LP–1). Vielleicht werde ich sie an einer anderen Stelle der Ruine los.* → **G1**

31404 *Ich bin kein Experte für Wiedergänger, aber Licht mögen sie bestimmt nicht.* Drake schlug einen Haken in Richtung des Hügels, der den einstigen Zugang zum großen Saal markierte.

Doch das gleißende Leuchten war erloschen. Drake blieb

stehen, um Atem zu schöpfen. Hinter den fernen Wäldern schoben sich die ersten morgendlichen Sonnenstrahlen über die Wipfel.

Er wirbelte herum, als er die Schritte und das Schmatzen hörte. Hanna und Steve drängten sich gegenseitig weg, während sie den Hügel hochstürzten. Drake schlug einen Bogen um die Untoten und lief den Hügel wieder hinunter, auf den Säulengang zu. Dabei trat er in ein Loch, blieb hängen, verdrehte sich den Knöchel und stürzte *(LP–1)*. Er musste sich woanders vor den Wiedergängern verstecken. → **G1**

31704 Drake huschte über den Innenhof, durch die verwilderten Kräuterbeete und schlich dann gebückt hinter dem Säulengangmäuerchen in Richtung seiner Kammer. Corx folgte ihm. Die untoten Verliebten aber verloren endlich das Interesse an ihnen und blieben grunzend im Innenhof. → **G2**

31804 Drake lief zwischen die verwilderten Kräuterbeete und duckte sich hinter die dornigen Büsche. Die beiden Wiedergänger folgten ihm unerbittlich. *Wie werden wir sie los?*, raunte er Corx zu.

Da stolperte Steve erneut gegen Hanna. Die Untote hatte genug von dem Gerempel, sie kreischte auf und schubste ihn zurück. Doch Steve ließ sich das nicht gefallen, sprang grunzend auf seine Geliebte zu und grub ihr die losen

Zähne in den Hals. Hannas Schrei glich einer quietschenden Tür. Ruckartig riss sie den kahlen Kopf ihres Freundes nach hinten. Das Genick brach und Steves Schädel schlackerte jetzt in einem ungesunden Winkel auf dessen Schulter; was ihn allerdings nicht davon abhielt, weiterhin nach seiner Freundin zu schnappen.

Drake wusste nicht, ob er lachen oder sich weiterhin schämen sollte. Dankbar sammelte er noch ein paar Beeren ein, die er zuvor übersehen hatte. Die Kraft des Sonnensympathicus-Krauts gab ihm neuen Lebensatem *(LP+2)*.

Er lugte durch das Gebüsch. Die Untoten waren weiterhin mit ihrem Beißspiel beschäftigt. Vielleicht war es Corx und ihm nun vergönnt, sich an den Ort zurückzuziehen, der ihm so viele Jahre Geborgenheit gegeben hatte. → **G2**

142123

→ Falls du noch nicht bis zu Abschnitt **G2** gekommen bist: → **505**

→ Falls du Abschnitt **G2** schon gelesen hast: → **506**

142126 „Ich hasse Spinnen!" Drake verpasste der Angreiferin einen Stich mit seinem Flammenstecken. Sofort verbrannten ihre borstigen Haare.

Der Geruch biss ihm in Mund, Augen und Nase, doch den Arachniden störte das wenig. Er schnellte vor, die mittlerweile handlangen Mandibeln klappernd geöffnet. Drake versuchte abzutauchen, aber die messerscharfen Chitinkiefer fanden sein weiches Fleisch. Er schrie auf, drehte seinen Kampfstecken um und rammte dem stinkenden Scheusal das Ende mit dem Rubin zwischen die acht Augen. Der fauchende Schrei der Ogerspinne ließ Staub aus den verbliebenen Netzen rieseln. Drake hielt seinen Stecken erbarmungslos fest, während der Rubin die Lebensessenz der Spinne in sich aufnahm. Übrig blieb eine schlaffe, ausgedörrte Hülle, die im Steckenfeuer rasch verbrannte *(CP+1, LP–1).* → **D2**

142129 *Zurück in die Schatten!,* rief Drake und ließ seinen Stecken wirbeln. Er kam sich in diesem Moment ziemlich heldenhaft vor.

Der Rubin am Ende des Feuersteckens pulsierte, die Flammen flirrten durch die schwarze Wolke und erhellten sie. Aber der Razz'Kalar fraß ihre Energie und wurde mit jedem Hieb größer.

Drake wich nicht zurück, obgleich der Atem des Zeitschlingers an seiner Lebenskraft sog. Die Haut seiner Hände wurde dünner und riss auf. Er hatte es wohl nur der Macht des Edelsteins zu verdanken, dass sich die Wunden rasch wieder schlossen.

Drake lächelte grimmig und trieb den Zeitschlinger tiefer und tiefer den Gang hinunter. Dort, wo das Geröll über die Treppe gestürzt war, verschmolz der Dämon mit dem Gestein und der Finsternis, lauernd, aber zunächst gebannt *(CP+2).* → **E3**

Objektkarten

10 Akademiering mit Rabensymbol

11 Hausapotheke

12 Blauer Heiltrank

12
AKADEMIE DER
ZEITENWÄCHTER

11
AKADEMIE DER
ZEITENWÄCHTER

10
AKADEMIE DER
ZEITENWÄCHTER

13 Violettes Antidot

14 Feuerstecken

15 Spinnenbiss

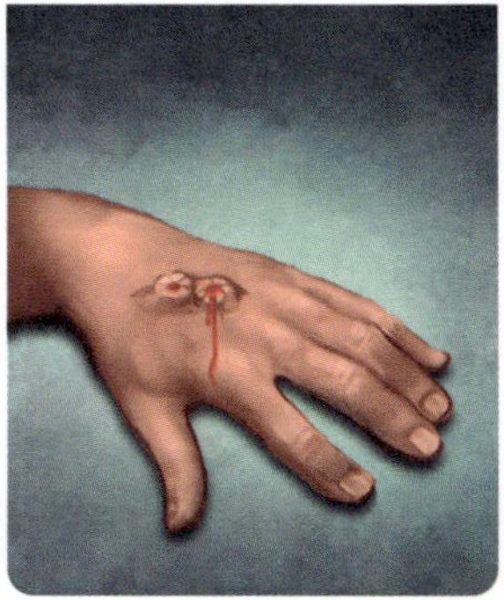

15
AKADEMIE DER
ZEITENWÄCHTER

14
AKADEMIE DER
ZEITENWÄCHTER

13
AKADEMIE DER
ZEITENWÄCHTER

17 Luftstecken

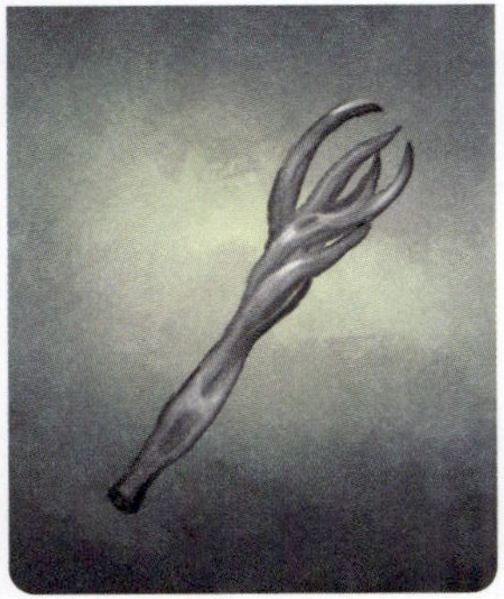

18 Schlüssel

19 Decodierungs-buch

19
AKADEMIE DER
ZEITENWÄCHTER

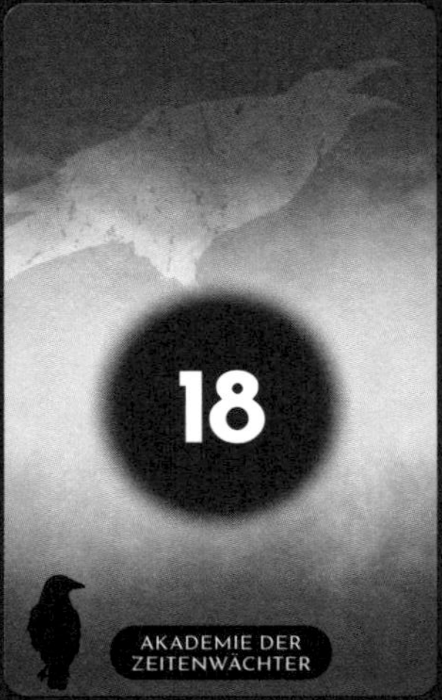
18
AKADEMIE DER
ZEITENWÄCHTER

17
AKADEMIE DER
ZEITENWÄCHTER

20 Rabe Corx

21 Rubin

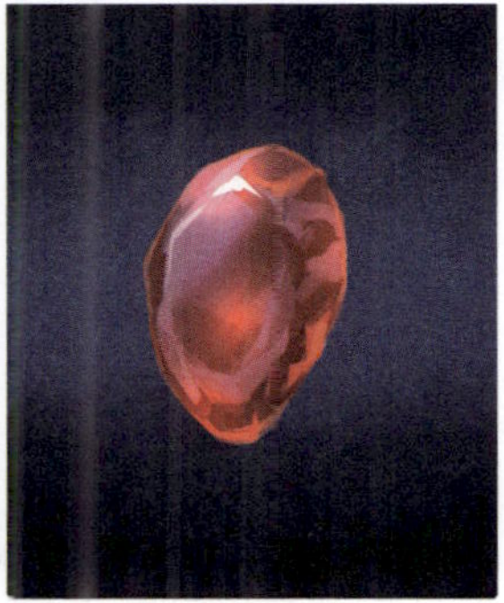

22 Magische Dietriche

22
AKADEMIE DER
ZEITENWÄCHTER

21
AKADEMIE DER
ZEITENWÄCHTER

20
AKADEMIE DER
ZEITENWÄCHTER

23 Blaues Notizbuch

24 Tiegel

26 Ogerspinne

26
AKADEMIE DER
ZEITENWÄCHTER

24
AKADEMIE DER
ZEITENWÄCHTER

23
AKADEMIE DER
ZEITENWÄCHTER

29 Zeitschlinger

31 Wiedergänger-paar

32 Drudenfuß

33 Arxx

33
AKADEMIE DER
ZEITENWÄCHTER

32
AKADEMIE DER
ZEITENWÄCHTER

31
AKADEMIE DER
ZEITENWÄCHTER

29
AKADEMIE DER
ZEITENWÄCHTER

Allgemein

Schaut bei den **Hilfetipps Objektkarten** nach, wenn ihr wissen wollt, wo ihr eine bestimmte Karte erhaltet, wofür ihr sie benötigt oder wo ihr sie benutzen könnt bzw. sollt.

Schaut bei den **Hilfetipps Ortsnummern** nach, wenn ihr wissen wollt, was ihr an einem bestimmten Ort machen müsst oder welche Objekte ihr dort vielleicht erhalten könnt oder benötigt.

Schaut bei den **Hilfetipps Kombinationen** nach, wenn ihr wissen wollt, welche Objekte und Orte miteinander kombiniert werden müssen.

Schaut bei den **Hilfetipps Rahmenhandlung** nach, wenn ihr wissen wollt, was ihr dort untersuchen könnt.

Achtung: Verweist ein Hilfetipp auf einen unentdeckten Ort oder auf eine Objektkarte, die ihr noch nicht habt, könnt ihr beim entsprechenden Hilfetipp des Ortes oder des Objektes nachlesen, wo ihr diese Dinge finden könnt.

Wo = an welchem Ort / Wie = durch welche Kombination / Womit = kombinieren mit.

Beispiel 1: „Wo: D2/104. Womit: 304, 504" bedeutet, dass ihr das Objekt bei Rahmenhandlung D2, Ort 104 findet und mit den Orten 304 und 504 kombinieren müsst.

Beispiel 2: „Wie: 01 mit 02, um 03 zu erhalten. Womit: 15, 403" bedeutet, dass ihr Objektkarte 01 mit 02 kombiniert (und dann Eintrag 0102 lest) um Objektkarte 03 zu bekommen. Diese kombiniert ihr dann wieder mit Objektkarte 15 und Ort 403.

Hilfetipps Objektkarten

10: Wo: A2/01/315, nutzbar, um später C1 freizuschalten.
11: Wo: A2/301. Womit: 201, um 33 freizuschalten; 20, um 11 zu öffnen und 203 zu lösen. Nicht mit 33 kombinieren, sonst Verlust von 1 LP.
12: Wie: 11 mit 20. Womit: 15; 403.
13: Wie: 11 mit 20. Womit: 15; 403.
14: Wo: 1. Mal A2/401, um später C1 freizuschalten. 2. Mal D1. Womit: 21; 26 (Verlust 1 LP); 29 (Verlust 3 LP); 21 und 23, um verborgene Passagen freizuschalten; 21 und 26 (Verlust 1 LP und Gewinn 1 CP); 21 und 29 (Gewinn 2 CP), um E3 freizuschalten.
15: Wo: A2/415. Womit: 12; 13 (je Gewinn 2 LP).
17: Wo: A2/401. Womit: 102, um 18 und C1 freizuschalten.
18: Wie: 17 mit 102. Womit: 401, um 19 freizuschalten.
19: Wie: 18 mit 401, um später C1 freizuschalten.

20: 1. Mal: Wo: B2/202/312 oder B2/202/412. Womit: 11, um 11 freizuschalten und um später C1 freizuschalten. 2. Mal: Wo: D2/212. Womit: 23, um D3 freizuschalten.
21: Wo: D2/404 oder E2/615/1429/316. Womit: 14; 23; 26 (Verlust 2 LP); 29 (Gewinn 1 CP); 14 und 23, um verborgene Passagen freizuschalten; 14 und 26 (Verlust 1 LP und Gewinn 1 CP); 14 und 29 (Gewinn 2 CP), um E3 freizuschalten.
22: Wo: D2/104. Womit: 304; 504.
23: Wo: D2/104. Womit: 404; 20; 14 und 21, um verborgene Passagen freizuschalten.
24: Wo: D2/304/22304 oder G4/416, um 516 freizuschalten.
26: Wo: D2/504/22504/611. Womit: 14 (Verlust 1 LP); 21 (Verlust 1 LP); 14 und 21 (Verlust 1 LP und Gewinn 1 CP).
29: Wo: E2. Womit: 14 (Verlust 3 LP); 21 (Gewinn 1 CP); 14 und 21 (Gewinn 2 CP), um E3 freizuschalten.
31: Wo: F1/105. Womit: 104; 204; 304; 404; 704; 804; 32.
32: Wo: G3. Womit: 31.
33: Wie: 11 mit 201. Womit: 11, falsche Fährte (Verlust 1 LP).

Hilfetipps Ortsnummern

101: Infos.
102: Infos; kombiniere mit 17, um 18 und C1 freizuschalten.
103: Prüfung der Ohren ▸ Rätselfragen.
104: Infos; erhalte 22 und 23.
105: Infos; erhalte 31; Verlust 3 LP.
111: Infos.

112: Kommend von C1. Infos; Verlust 1 CP.
113: Kommend von 203. Infos; Gewinn 1 CP.
114: Komment von 204. Infos.
115: Kommend von 303. Infos; Verlust 1 LP.
116: Kommend von C1. Infos.
201: Infos; kombiniere mit 11.
202: Infos; Entscheidung.
203: Prüfung der Zunge. Infos; Entscheidung.
204: Infos; Entscheidung.
205: Infos; Verlust 1 LP.
211: Infos.
212: Kommend von 214. Infos; erhalte 20.
213: Kommend von 203. Infos; Verlust 1 LP und 1 CP.
214: Kommend von 204. Infos.
215: Kommend von 303. Infos; Gewinn 1 CP.
216: Kommend von 1429. Infos.
301: Infos; erhalte 11; erhalte Hinweis darauf, wie 11 freizuschalten ist.
302: Infos.
303: Prüfung der Augen. Infos; Entscheidung.
304: Infos; kombiniere mit 22 und 31.
305: Infos; Verlust 1 LP.
311: Kommend von 401. Erhalte 17.
312: Kommend von 202. Infos; erhalte 20.
313: Kommend von 403. Infos; Verlust 1 LP und Gewinn 1 CP.

315: Kommend von 501. Erhalte 10.
316: Kommen von 1429. Infos; erhalte 21; Verlust 1 CP.
401: Infos; erhalte 14; Entscheidung.
402: Infos; Entscheidung.
403: Prüfung der Hand. Infos; Entscheidung.
404: Infos; erhalte 21; kombiniere mit 23.
411: Kommend von 401. Infos.
412: Kommend von 202. Infos; erhalte 20.
413: Kommend von 403. Infos; Verlust 1 LP und 1 CP.
415: Kommend von 501. Erhalte 15; Verlust 1 LP.
416: Kommend von G4. Erhalte 24; Verlust 2 CP; Weiterleitung.
501: Infos; Entscheidung.
504: Infos; kombiniere mit 22.
505: Kommend von 142123. Infos.
506: Kommend von 142123. Freigeschaltete Infos zu 23.
511: Kommend von 22504. Infos.
512: Kommend von 402. Infos.
513: Kommend von C4. Verlust 5 LP und aller bisher gesammelten Objekte.
514: Kommend von 704. Infos.
515: Kommend von E2. Infos; Verlust 1 CP; Weiterleitung.
516: Kommend von G4. Infos; Weiterleitung durch Kombinieren von 31 und 32.
604: Infos.
611: Kommend von 22504. Infos; erhalte 26; Entscheidung.

612: Kommend von 402. Infos; Entscheidung.
613: Kommend von C4. Infos; Verlust 3 LP und aller bisher gesammelten Objekte.
614: Kommend von 704. Infos.
615: Kommend von E2 oder 515. Infos; Weiterleitung durch kombinieren von 21 und 29 bzw. 14, 21 und 29.
704: Infos; Entscheidung.
804: Infos; Gewinn 2 LP.

Hilfetipps Kombinationen

1103: Falsche Antwort Rätselfrage 1 von 103; Verlust 1 CP.
2103: Richtige Antwort Rätselfrage 1 von 103; Gewinn 1 CP; Hinweis auf richtige Antwort bei 18401.
3103: Falsche Antwort Rätselfrage 2 von 103; Verlust 1 CP.
4103: Richtige Antwort Rätselfrage 2 von 103; Gewinn 1 CP; Hinweis auf richtige Antwort bei C1.
5103: Falsche Antwort Rätselfrage 2 von 103; Verlust 1 CP.
6103: Richtige Antwort Rätselfrage 3 von 103; Gewinn 1 CP; Hinweis auf richtige Antwort bei C2.
7103: Falsche Antwort Rätselfrage 3 von 103; Verlust 1 CP.
8103: Falsche Antwort Rätselfrage 3 von 103; Verlust 1 CP.
1120: Hausapotheke und Corx, erhalte 12 und 13.
1133: Hausapotheke und Arxx, Verlust 1 LP, falsche Kombination.
1215: Blauer Heiltrank und Spinnenbiss, Gewinn 2 LP.
1315: Violettes Antidot und Spinnenbiss, Gewinn 2 LP.

1421: Feuerstecken und Rubin, Infos.
1426: Feuerstecken und Ogerspinne, keine ganz perfekte Kombination, Verlust 2 LP.
1429: Feuerstecken und Zeitschlinger, keine ganz perfekte Kombination, Verlust 3 LP.
2023: Corx und blaues Notizbuch, Weiterleitung.
2123: Rubin und blaues Notizbuch, keine ganz perfekte Kombination.
2126: Rubin und Ogerspinne, keine ganz perfekte Kombination, Verlust 2 LP.
2129: Rubin und Zeitschlinger, Gewinn 1 CP.
3132: Wiedergänger und Drudenfuß, Infos und Weiterleitung.
11201: Hausapotheke und Ortsnummer von A2, erhalte 33.
12403: Blauer Heiltrank und Prüfung der Hand, Gewinn 2 LP.
13403: Violettes Antidot und Prüfung der Hand, Gewinn 2 LP.
14401: Feuerstecken und Ortsnummer von A2, falsche Kombination.
17102: Luftstecken und Ortsnummer von B2, erhalte 18.
18401: Schlüssel und Ortsnummer von A2, erhalte 19 und Hinweis zur Antwort für Rätselfrage 1 von 103.
22304: Magische Dietriche und Ortsnummer von D2, Infos und erhalte 24.

22504: Magische Dietriche und Ortsnummer von D2, Infos und Weiterleitung.
23404: Blaues Notizbuch und Ortsnummer von D2, Infos.
31104: Wiedergänger und Ortsnummer von G1, Infos.
31202: Wiedergänger und Ortsnummer von G1, Infos, Verlust 1 LP.
31304: Wiedergänger und Ortsnummer von G1, Infos, Verlust 1 LP.
31404: Wiedergänger und Ortsnummer von G1, Infos, Verlust 1 LP.
31704: Wiedergänger und Ortsnummer von G1, Infos.
31804: Wiedergänger und Ortsnummer von G1, Infos, Gewinn 2 LP.
142123: Feuerstecken, Rubin und blaues Notizbuch, Weiterleitung.
142126: Feuerstecken, Rubin, Ogerspinne, Infos, Verlust 1 LP und Gewinn 1 CP.
142129: Feuerstecken, Rubin und Zeitschlinger, Infos, Gewinn 2 CP.

Hilfetipps Rahmenhandlung

A1: Start, Infos.
A2: Untersuche 101, 201, 301, 401 und 501.
B1: Infos.
B2: Untersuche 102, 202, 302 und 402.

C1: Infos, Hinweis zur Antwort für Rätselfrage 2 von 103, Weiterleitung.
C2: Infos, Hinweis zur Antwort für Rätselfrage 3 von 103.
C3: Untersuche 103, 203, 303 und 403.
C4: Prüfung der Seele, Infos, Weiterleitung.
D1: Infos, erhalte 14 (2. Mal).
D2: Untersuche 104, 204, 304, 404, 504, 604, 704 und 804.
D3: Infos.
E1: Infos, Verlust 2 LP.
E2: Infos, erhalte 29, Weiterleitung.
E3: Infos, Gewinn 1 CP.
E4: Infos.
F1: Untersuche 105, 205 und 305.
G1: Kombiniere 31 mit den Nummern 104, 204, 304, 404, 704 und 804.
G2: Infos, Weiterleitung.
G3: Infos, erhalte 32, Verlust 3 LP.
G4: Infos, Weiterleitung.
G5: Infos, Weiterleitung.
G6: Infos, Verlust 2 LP, Weiterleitung.
G7: Infos, Weiterleitung.
H1: Ende bei höchster Punktzahl.
H2: Ende bei zweithöchster Punktzahl.
H3: Ende bei dritthöchster Punktzahl.
H4: Ende bei vierthöchster Punktzahl.

© Marcel Nigbur

Autor:

Daniel Bleckmann würfelt gern: als Autor beim Erschaffen von Figuren seiner Abenteuerromane, als Fantasy-Rollenspieler, bei Brettspielen mit der Familie oder in seinem Beruf als Bio- und Deutschlehrer. Falls nach alldem noch Zeit bleibt, trinkt er Earl Grey in der Familienbibliothek, irgendwo am Niederrhein.

Illustrator:

Wenn Folko Streese nicht gerade Bücher oder Brettspiele illustriert, verbringt er seine Zeit mit seiner Familie oder bei einem Spaziergang durch die Wälder Brandenburgs mit Hund Kinski. In ungestörten Stunden träumt er vom Zeitreisen, natürlich klimaneutral und am besten mit ein paar Extraleben im Gepäck, schließlich weiß man ja nie, worüber man in der Zukunft oder Vergangenheit so alles stolpert.

ADVENTURE GAMES® ENTDECKT DIE STORY
Entdecken. Entscheiden. Erleben.
SEID IHR BEREIT FÜR MEHR ABENTEUER?
GRAND HOTEL ABADDON
DIE VULKANINSEL
GLOOM CITY
KOSMOS
» Gemeinsam die Story entdecken, Entscheidungen treffen und spannende Abenteuer erleben
» Spielmechanismus wie ein Adventure PC-Spiel – aber als Brettspiel!
» Mehrfach spielbar, da unterschiedliche Abenteuer-Ausgänge möglich
kosmos.de